Marcus Braun

DER LETZTE BUDDHA

Roman

Hanser Berlin

1 2 3 4 5   21 20 19 18 17

ISBN 978-3-446-25678-1
© Hanser Berlin im Carl Hanser Verlag München 2017
Alle Rechte vorbehalten
Satz im Verlag
Druck und Bindung: CPI books GmbH, Leck
Printed in Germany

Für Robert Smith

> *So mir nun der Bardo der Dharmata aufgeht,*
> *Will ich alle Gedanken von Furcht und Schrecken aufgeben,*
> *Will alles, was erscheint, als meine Projektion erkennen*
> *Und wissen, dass es eine Vision des Bardo ist;*
> *Nun, angelangt an diesem Wendepunkt,*
> *Will ich die Friedlichen und Rasenden, meine eigenen*
> *Projektionen, nicht fürchten.*
> Tibetisches Totenbuch

Am 27. Januar 1989 befand sich Lobsang Chökyi in Shigatse. Es war ein eisiger, sonnenvoller Tag. Vor drei Wochen war er aus Peking eingetroffen, um die Gebeine seiner Vorgänger, die sich jahrelang in seinem Wandtresor befunden hatten, nach Tashi Lhunpo, das Stammkloster der Panchen Lamas, zu überführen.

Die Feierlichkeiten waren plangemäß, ruhig und ohne die von chinesischer Seite befürchteten Unruhen über die Bühne gegangen. Der Stupa, ein fast zwölf Meter hoher Gedenkschrein, war eingeweiht und gesegnet, die Festlichkeiten waren fast abgeschlossen.

Und während überall in Tibet mit der Ansiedlung von Han-Chinesen die unumkehrbare Eingliederung in das große Mutterland weiter voranschritt, hatte die chinesische Führung an diesem Tag ein ihrer Einschätzung nach unmissverständliches Zeichen gesetzt: 1000 Kilogramm Silber, 664 Kilogramm Quecksilber, 5639 Kilogramm Bronze,

1100 Kubikmeter Holz, 116,8 Tonnen Stahl, 1105 Tonnen Zement, 71 782 Steinquader und 109 Kilogramm Gold waren laut offizieller Propaganda von der Regierung zur Verfügung gestellt worden. Die verschwenderische Größe des Bauwerks sollte das Ende der schwarzen Zeit symbolisieren, die Tibet seit der chinesischen Okkupation oder seit dem Anschluss an das Mutterland durchgemacht hatte. Die Gebeine der Panchen Lamas, welche die Roten Garden den Hunden vorgeworfen hatten, fanden endlich eine würdige Ruhestätte. Der Dalai Lama hatte eine Grußbotschaft geschickt und für einen friedlichen Ablauf der Festlichkeiten gebetet. In der offiziellen Verlautbarung wurde der Panchen Lama zitiert: »Ich bin beglückt in diesem historischen Augenblick und glücklich für mein Land. Alle verstorbenen Panchen Lamas waren patriotische Männer, die herausragende Beiträge zur Einigung Chinas und zur nationalen Einheit geleistet haben.«

Schier endlose Reihen vorbeiziehender Gläubiger wurden gesegnet, die Retter der Reliquien empfangen, den Handwerkern des Stupas wurde gedankt.

Gegen sechs verzehrte der Panchen Lama ein großes Stück Hammelkeule. Ein weiterer Empfang mit Tänzen, tibetischen und chinesischen Liedern stand auf dem Programm, aber der Panchen Lama war unendlich müde. Er hatte auch viel zu viel gegessen. Gase füllten seine Gedärme, blähten den Bauchraum und drückten auf den Magen, sein Atem ging kurz. Er entließ seine Eltern und sagte die Teilnahme an den letzten Programmpunkten des Tages ab.

Er war erst fünfzig Jahre alt, aber er fühlte sich älter, viel älter. Einem Journalisten hatte er gesagt, er fühle sich so alt wie die Lebensalter seiner Vorgänger zusammengezählt. Er hatte dabei gelächelt. Niemand wisse ja wirklich, wie alt er sei. Niemand könne verlässliche Aussagen über das eigene Alter treffen.

Der 10. Panchen Lama betete und meditierte nur noch sehr selten. Aber er beschäftigte sich mit seinen Träumen, schrieb sie in Jayalakshimi-Notizhefte, auf denen Tierbabys abgebildet waren, und interpretierte sie ausführlich. Der gestrige Traum, der ihn den ganzen Tag über nicht mehr losgelassen hatte, hatte ihn in den neu errichteten Stupa geführt: Er stand inmitten des dunklen Raums vor den Schreinen seiner vorherigen Inkarnationen und forderte seine Begleiter auf, ihn einzumauern.

Plötzlich waren da aber nicht mehr die Mönche, mit denen er sich tatsächlich in diesem Raum aufgehalten hatte. Sie hatten sich in seine Wärter aus der Zeit im Changpinger Gefängnis verwandelt. Sie sagten nichts. Sie lächelten. Er dachte: Ich werde Zeit zur Selbstkritik haben. Ich möchte all die negativen Gedanken, die ich hege, loswerden. Er sagte, und er empfand dabei einen Moment des Triumphs: »Man kann mich nur lebendig begraben. Das ist der Scherz eines glücklichen dicken Mannes.«

Er verlangte, noch eine Decke gebracht zu bekommen, wollte den Traum endlich niederschreiben, fühlte sich aber zu schwach. Er ließ einen kleinen schwarzen Kreisel auf einem mit Elfenbein verkleideten Sandelholztischchen rotieren. Eine Beklemmung ergriff von ihm Besitz, er zog den Kopf ein und hielt den Atem an. Er notierte einen Satz, riss das Blatt heraus, die jungen Luchse schauten sehr ernst, faltete es, so klein es ging (vier Mal), dann fällte ihn ein stechender Schmerz. Der große Mann wankte, der Zettel glitt ihm aus der Hand, und im Fallen riss er den Tisch mit dem rotierenden Kreisel zu Boden.

Als der Schmerz nachließ und die Schwärze vor seinen Augen wich, lag er auf dem Rücken; vor ihm der ansehnliche Hügel seines Bauches. Er dachte: Niemand wird die richtigen Texte lesen. Er versuchte zu sprechen, aber er brachte keine Silbe hervor. Er dachte: Es sollte nicht so sein, es sollte anders sein. Die große Befreiung durch Hören würde nicht stattfinden. Er sah sich wieder in der dunklen Zelle ohne Hoffnung auf das Licht, und er spürte den bodenlosen Hass, den er so lange versucht hatte abzulegen, und nahm das blaue Schwert von Akshobhya. Alles war falsch. Und nichts von dem, was er geglaubt hatte, schien länger Gültigkeit zu besitzen.

Ein chinesischer Sicherheitsbeamter, vom Geräusch des umfallenden Tisches alarmiert, öffnete die Tür und fand den Panchen Lama am Boden liegend, die Arme vor der Brust gekreuzt.

Der Diener, der die Decke bringen wollte, wurde von den chinesischen Sicherheitsbeamten nicht mehr vorgelassen. Er behauptete später, es habe sich um andere Personen gehandelt als zuvor, Menschen, die er noch nie gesehen hatte. Vielleicht war ihm aber einfach der Schreck dermaßen in den Geist gefahren und hatte seinen Sehnerv so geschwächt, dass er einfach niemanden mehr wiedererkannte.

Der Panchen Lama wurde bis in die Morgenstunden hinein behandelt. Er starb, nachdem er geäußert hatte, es gehe ihm wieder hervorragend, gegen acht Uhr morgens, nach den Angaben der chinesischen Ärzte an Herzversagen.

Jeder verdächtigte die Chinesen, den Panchen Lama vergiftet zu haben. Selbst die Vertreter der chinesischen Institutionen verdächtigten sich insgeheim gegenseitig. Mönche schlugen ihre Köpfe gegen die Klosterwände, bis sie bluteten.

TEIL I
TIBET

Zwanzig Jahre später

1

Einen Monat brachte der 11. Panchen Lama in Einsamkeit in einer Hütte auf einem Bergrücken über der Stadt zu. Er hatte gerade sein einundzwanzigstes Jahr beendet. Die Gipfel in der Ferne waren mit ewigem Eis bedeckt. Im Eis spiegelte sich der Himmel, es spiegelten sich die Sonne und die Wolken, es spiegelte sich der Mond. Im Spiegel war der Widerschein der Dinge und auch der Widerschein des Nichts. Ausgeblichene Gebetsfahnen flatterten im Wind. In der Hütte roch es säuerlich, nach verschüttetem Buttertee.

Man hatte ihm Brot gebacken, das nicht schimmelte. Nach einer Woche sah er davon ab, sich Tsampa zuzubereiten, nach zwei Wochen trank er nicht einmal mehr Tee, sondern beschränkte sich auf Wasser, in das er das nunmehr knochenharte Brot eintauchte.

Die einzigen Lebewesen, die er zu Gesicht bekam, waren Insekten, Krähen oder Wesen, die nicht Krähen waren, aber wie Krähen aussahen, und die unvermeidlichen Sicherheitsbeamten, weit weg, die in ihrer Manie, sich unsichtbar zu machen, besonders auffielen.

Die Tage unterschieden sich nicht, die Tage sollten sich nicht unterscheiden. Die Nächte hinterließen ihn mit Träumen, die im Moment des Aufwachens noch klar und nacherzählbar schienen, aber eine Sekunde später verlorengingen.

Er wog viele Steine in seiner Hand. Er brachte sie nicht

zum Schweben, sie waren so schwer, wie es ihnen zukam. Nur in sich fand er, der 11. Panchen Lama, keine Eigenschaft.

Er sah die Berge. Sie schliefen. Und wenn er schlief, sahen sie ihn an.

Er sprach nicht. Er meditierte. Er zweifelte daran, ein Mönch zu sein, jemals einer gewesen zu sein. Er hatte Angst vor seiner eigenen Stimme, die er seit drei Wochen nicht gehört hatte.

Am dreiundzwanzigsten Tag sagte er ein Wort. Zu einem Stein. So etwas hatte es schon gegeben, das wusste er. Er wusste, was passieren würde. Der Stein sagte auch ein Wort: »Stein.«

Er hatte das Gefühl, dass sein Kopf voll schwerem nassem Sand war. Wie in einer Geste der Verzweiflung erstarrt, streckte der Baum vor der Hütte seine kahlen Zweige in den Himmel. Er war sich sicher, dass dieser Baum zu Beginn seines Aufenthaltes nicht dort gestanden hatte. Aber an die Gebetsfahnen erinnerte er sich.

Es gab einen Bach in zwanzig Minuten Entfernung, zu dem ging er manchmal und wusch sich im eiskalten Wasser. Es gab einen von Pilgern errichteten Steinhaufen, den besuchte er täglich. Er trug Steine ab. Und häufte sie wieder übereinander. Dann trug er sie wieder ab. Und errichtete den Steinhaufen von neuem. Er wusste, dass man ihn beobachtete.

Er erwartete die Dämonen. Sie kamen nicht. Manchmal kam der Schlaf wie ein Anfall. Dann wieder war er wach, ohne sich daran zu erinnern, eingeschlafen zu sein oder überhaupt geschlafen zu haben. Er zählte von Beginn an die Tage. Er legte für jeden Tag einen Stein auf eine kleine Mauer. Aber kurz nachdem er das getan hatte, wusste er nicht mehr, ob er es an diesem Tag oder am vorherigen getan hatte. Er erinnerte sich auch nicht mehr an die Zahl, deren sich sicher zu sein er gestern noch geglaubt hatte. Dreizehn Tage, vierzehn Tage. Einundzwanzig Tage. Der Neubau der großen Festung Dzong thronte über den Hütten und Häusern, als wäre er immer schon da gewesen oder als hätten tektonische Verschiebungen die Festung aus dem Fels an die Erdoberfläche gedrückt, wo sie nun die Herrschaft über die ockerfarbenen Häuser und Hütten im alten Teil und die höheren stahlgrauen Bauten des neueren Teils der Stadt behauptete.

Drei Tage vor dem Ende seiner Klausur regnete es. Am nächsten Morgen war das Wasser des Baches blutrot. Es ließ ihn unbewegt. Es war Blut, mit dem er sich wusch. Er lächelte. Jedenfalls glaubte er das. Es gab keinen Beweis.

Achtundzwanzig Tage. Er trat ins Freie, Geier kreisten hoch über der Hütte, er zählte sie, eins zwei drei vier fünf, blickte zu Boden, hatte die Zahl vergessen. Kannten sie den Geschmack von Menschenfleisch? Er sah in den Himmel und sagte: »Du.« Die Vögel waren verschwunden. Er urinierte, ohne sein Glied dabei zu berühren.

Die Mönche kamen. Sie sangen. Er erkannte das Mantra nicht. Sie kamen mit geschmortem Hammelfleisch und einer Kanne Bier. Er hatte das Gefühl, noch nie einen Menschen gesehen zu haben. Er trank das Bier und aß den

Hammel mit den Fingern, kalte Augen von Fett auf der Brühe, die er an seinem Gaumen mit der Zunge zerdrückte, ließ sich zurück in die Stadt, das Kloster führen, bekam Magenschmerzen, schlief irgendwann ein. Er hatte einen Alptraum, in dem er seinen toten Eltern mit einem kleinen stumpfen Messer das Fleisch von den Knochen der Beine schnitt.

2

Am Morgen nach seiner Rückkehr: Er sah, er hörte, er roch, er schmeckte, er tastete. Er hatte Gedanken. Er konnte sich die flache Hand auf die Schädeldecke legen und laut brummen, Luft ausstoßen und dabei die Lippen flattern lassen.

Zwei nackte alte Körper, Mann und Frau, lagen auf dem Bauch. Ein Ragyapa, der ein schwarzes Puma-Kapuzenshirt über einem Mönchsgewand trug, begann sich mit einer großen Zange an den Füßen zu schaffen zu machen. Die Zange durchtrennte das Fleisch, die Sehnen und erfasste die Fußknochen, das Geräusch ließ ihn aus dem Traum erwachen.

Der Brauch, die toten Körper zu zerlegen und den Krähen und Geiern zum Fraß zu überlassen, war auf dem Rückzug. Die Chinesen hielten ihn, wie der Rest der Welt auch, für barbarisch. Er war ein buddhistischer Mönch, er war nie etwas anderes gewesen. Er war der 11. Panchen Lama, weil er der 11. Panchen Lama war. Er hatte daran gezweifelt, jetzt war er sich sicher. Seine Lieblingskatze Infini sprang ihm auf die Schulter. Sie hatte ihn wohl vermisst. Jedenfalls hatte er sie vermisst. Sie war das anmutigste Wesen, das er kannte, aber er kannte damals nicht viel.

Der Aufenthalt auf dem Berg hatte zu Einsichten geführt. Niemandem in seiner Umgebung würden sie gefallen. Er hatte das Gefühl, dass seine Hände gewachsen waren, sie fühlten sich doppelt so groß an. Er konnte seinen Schädel zur Gänze umfassen.

Am Nachmittag bestellte der 11. Panchen Lama seinen Hofstaat ein und verkündete seine Absicht, ein Staatsorakel zu berufen. In seiner Faust befand sich eine 2-Mark-Münze des Deutschen Reiches von 1934. Der Adler hält einen Eichenkranz. Ein Staatsorakel gab es bisher nur am Hof des Dalai Lama.

Man reagierte mit unbewegten Mienen. Wahrscheinlich hielt man es einfach nur für eine krude Idee, geboren aus der Isolation und dem Schweigen. Vielleicht würde man ihn davon wieder abbringen können, vielleicht einen neuen Titel erfinden für das, was ihm vorschwebte, ein Staatsorakel, da waren sich wohl alle unausgesprochen einig, würde er nicht berufen.

Nach der Versammlung nahm er Tengshe, seinen engsten Berater, zur Seite. Tengshe litt unter Diabetes, war oft müde, wie auch er oft müde war. Müdigkeit, sagte Tengshe, ist die Kehrseite der Achtsamkeit, und ohne Müdigkeit keine Achtsamkeit. Oft übermannte sie beide die Müdigkeit, und sie konnten sich später nicht erinnern, wer von ihnen zuerst das Gespräch verlassen hatte, um es im Schweigen des Schlafes fortzusetzen.

»Warum ein Staatsorakel?«

»Besseren Rat, für eine bessere Welt.«

Tengshe hob erst die Augenbrauen und runzelte dann die Stirn, dann senkte er den Kopf und blickte zu Boden. Sie hatten viele Stummfilme zusammen geschaut, Buster Keaton, aber auch historische Epen und Liebesschmonzetten aus den Vereinigten Staaten der zwanziger Jahre. Tengshe betrachtete die Bommeln seiner Schuhe, er überlegte kurz, seine Fußspitzen in Bewegung zu versetzen.

Der 11. Panchen Lama hatte ihm gerade seinen zweiten Entschluss verkündet: der Kommunistischen Partei Chinas beizutreten. Tengshe war mehr als unbehaglich zumute, und er wusste genau, er konnte sich jetzt nicht in die Müdigkeit flüchten.

»Aber womit soll ich diesen Schritt begründen?«

»Wir müssen ihn nicht begründen, es ist einfach ein Entschluss.«

»Das wird niemand verstehen.«

»Das ist auch nicht notwendig. Ihr tut einfach, was ich sage. Und ich tue, wie immer, was ihr sagt.«

Die Echsen aus Holz, Jade, Bronze und Stahl, auf seinem Schreibtisch im Kreis platziert, hatten unmerklich ihre Position gewechselt.

»Mag sein, dass das ein weiser Entschluss ist, aber es ist ein schnell gefasster Entschluss, und ich bitte Euch, noch einmal darüber zu schlafen.«

»Ich werde nicht schlafen. Ich habe Jahrhunderte darüber geschlafen.«

Tengshe suchte in Gyaltsens Gesicht, dem Gesicht seines Schülers, nach einem Lächeln, aber da war kein Lächeln.

»Ich werde Peking Bericht erstatten – und dann werden wir weitersehen.«

Er wollte es nicht verstehen. Aber da der 11. Panchen Lama nie mehr schlafen würde – ein kurzer Gedanke, der ihn selbst überraschte –, war seine Geduld grenzenlos.

»Peking weiß Bescheid.«

»Mit Verlaub, das glaube ich nicht.«

»Das ist egal.«

»Aber die Tibeter werden es nicht verstehen.«

»Die Tibeter werden mich verstehen.«

Tengshe verlor die Fassung, seine Stimme wurde laut, nie hatte der II. Panchen Lama gehört, dass Tengshe seine Stimme über ein normales leises Maß hinaus erhob, sie änderte ihre Tonlage nach oben. Weil er ein anderer geworden war, veränderte sich auch der Mensch, mit dem er sprach.

»Wenn China gewünscht hätte, dass Ihr der Kommunistischen Partei beitretet, dann wäre das längst geschehen.«

»China weiß manchmal nicht, was es eigentlich schon gewollt hat, bevor es geschieht.«

»Und Ihr wisst das?«

Bei dieser müden Frage fand Tengshe sein gewöhnliches Timbre wieder.

Der II. Panchen Lama hatte die Augen geschlossen, als er sagte: »Es war alles desolat, unüberschaubar und fremdbestimmt. Als ich mich auf die Berge, in die Tiefe begab, leuchtete kein Licht. Das wird sich nun ändern.«

Der II. Panchen Lama empfing Abordnungen von Mönchen aus acht Klöstern, die mit ihm zusammen die Gebetsmühlen in Bewegung setzten, für das Heil Tibets und das Heil der Welt. Siebentausend Klöster waren im Verlauf der chinesischen Okkupation und der Kulturrevolution geschlossen und zum großen Teil zerstört worden. Anscheinend schlief der Menschenfresser, der unter dem Territorium Tibets lag, und hatte noch nicht gemerkt, dass man fast das ganze Gewicht von ihm genommen hatte. Gyaltsen Norbu, der 11. Panchen Lama, witterte eine große Gefahr. Er spürte, dass das Monster bald erwachen würde. Schmerzhaft war ihm bewusst, dass er bisher ein Teil Chinas gewesen war und sonst nichts.

3

> *Will man die Revolution, dann muss man eine revolutionäre Partei haben.*
> Mao Tse-tung

Deng Yao hatte sich eine Flasche Bier kommen lassen, für Gyaltsen stand eine Kanne Tee auf dem Tisch. Sie hatten sich die Hände geschüttelt, eine zaghafte Umarmung angedeutet, wie auch früher schon oft. Deng Yao legte sein Jackett ab.

Es war die dritte Woche nach der Rückkehr vom Berg. Deng Yaos Gedanken schienen vor Gyaltsen zu liegen wie ein deutlich geschriebener Text. Vielleicht bildete er sich das auch nur ein, vielleicht hatte er die Gabe, die Gedanken seines Lehrers zu erraten, irgendwann wieder verloren.

Was Deng Yao sofort auffiel: Sein Schützling hatte plötzlich männliche Züge gewonnen, war erwachsen geworden. Die neuen Ideen ließen allerdings eher auf das Einsetzen der Pubertät schließen. Eine klassische Spätentwicklung, angesichts der Umstände nicht verwunderlich. Die buddhistischen Mönche übergingen das ja gerne, blendeten die Pubertät aus. Als könnte man die Natur überlisten durch den Geist, der doch auch nur Natur war.

Es war kalt in Tibet, und es erfroren Menschen in den Straßen Lhasas, die man erst Tage später mit Stemmeisen vom Boden trennte und ins Krematorium brachte. Hier in Shigatse erfror niemand. Man hatte eine Sammelaktion initiiert, die Stadtverwaltung hatte Wärmestuben eröffnet, und es gab genug mitleidige Herzen und Sicherheitsbeamte, die berauschte oder unbedachte Obdachlose vor dem Erfrieren retteten.

Der Panchen Lama selbst hatte eine alte Aluminiumkelle geschwungen und Suppe verteilt. Der Panchen Lama war noch nie auf diese Art in Erscheinung getreten. Die Chinesen hielten das nach kurzer Irritation für eine gute Idee und unterstützten ihn tatkräftig. Sie kommandierten eine Versorgungseinheit der Armee ab.

Deng Yao war über all das informiert und wunderte sich sehr. Bis vor ein paar Wochen noch hatte Gyaltsen keinerlei eigene Initiative entwickelt. Die *Times of India* veröffentlichte ein Bild: »Der chinesische Panchen Lama lindert das Leid und segnet die Tibeter.« Für das Ausland war er der chinesische Panchen Lama oder schlicht der falsche Lama.

Deng kannte Gyaltsen, seit er vierzehn war. Sie hatten zusammen Fußball gespielt, gekocht, über Dao gesprochen, über den Dalai Lama, über die Rolle Taiwans, die Aufgabe des Panchen Lama in der Geschichte und in der Zukunft, darüber, wie man am besten ein Yaksteak brät. Die Barbarei des Fleischverzehrs gab Gyaltsen erst endgültig auf, als er die ersten Todesurteile zu verantworten hatte.

Deng war der offizielle chinesische Kontaktmann an seiner Seite. Er hatte lange Jahre für das Amt für öffentliche Sicherheit gearbeitet, eine hohe Funktion in der KP

Tibets bestritten. Vor zwei Jahren hatte er Tibet verlassen und war ins Zentralkomitee der Kommunistischen Partei aufgerückt. Er wurde zeitweise dem neomaoistischen linken Flügel zugerechnet, aber das bedeutete in den Worten, in denen es ausgesprochen wurde, nicht viel oder besser gesagt gar nichts.

»Eigentlich hätte ich fast erwartet, dass Sie mich darauf ansprechen würden, bevor ich irgendjemandem meinen Entschluss mitgeteilt habe. Aber jetzt hat es so lange gedauert. Ist Peking schon so weit weg?«

Deng Yao lächelte und atmete eine Menge Luft aus, die Höhe machte ihm zu schaffen.

»Eure Heiligkeit, das hätte doch etwas die Etikette verletzt. Außerdem widerspricht Hellsehen meiner materialistischen Doktrin.«

»Vermutlich freut man sich in Peking über meinen Entschluss.«

»Den Entschluss, ein Staatsorakel zu berufen? Ganz im Gegenteil.«

Gyaltsen goss sich eine Schale Tee ein.

»Und auch von der anderen Idee möchte ich dringend abraten.«

»Dafür sind Sie extra hergekommen? Sie haben mir doch immer eingeschärft, auch das große Ganze und China als die Mutter Tibets in alle meine Überlegungen einzubeziehen.«

Deng Yao zog sich am rechten Ohrläppchen.

»Bisher seid Ihr nicht durch Euren Sinn für Humor oder Ironie aufgefallen.«

»Auch ich entwickle mich.«

»Auch ein Panchen Lama sollte nicht den dritten Schritt vor dem ersten tun. Ich muss dringend davon abraten.«

»Das müssen Sie mir nicht sagen. Ich weiß, wir sprechen hier immer auch vor Publikum.«

Deng Yao nickte.

»Das vergesse ich nicht. Ich war lange auf der Seite des Publikums.«

Es war immer gut, erst zuzustimmen, bevor man seinem Gegenüber widersprach. Besonders, wenn es sich um einen jungen Mann mit besserwisserischen Anwandlungen handelte, dem man von klein auf eingeredet hatte, dass er auserwählt sei.

»Ich glaube, dieser Schritt könnte auf großes Unverständnis bei der tibetischen Bevölkerung stoßen.«

Der Panchen Lama senkte den Blick.

»Tibet ist ein Teil Chinas. Und warum soll ein geistiger Führer Tibets, dafür hält man mich, nicht Mitglied der Partei sein?«

»Es wäre im Hinblick auf Eure Stellung nicht klug, diesen Schritt zu unternehmen, und ich muss dringend davon abraten.«

»Sie müssen das? Sie müssen dringend davon abraten?«

»Ich muss gar nichts.«

»Gut. Sehr gut.«

»Ich erlaube mir nur, darauf hinzuweisen.«

Es schien ihm an der Zeit, Deng Yao ins Wort zu fallen.

»Ich bin schon 1956 der Kommunistischen Partei beigetreten.«

Deng Yao suchte ein Lächeln in seinem Gesicht, aber da war kein Lächeln. Sie schwiegen, bis Deng Yao sich von dieser Unhöflichkeit erholt hatte.

Er zupfte an den Haaren seiner linken Augenbraue.

»Nun ja, das macht die Geschichte nicht besser.«

Gyaltsen löschte die zwei Räucherstäbchen mit den Fingern.

»Ich schließe aus Ihren Worten, dass Sie nicht in der Lage sind, das zu verhindern.«

»Es steht mir nicht zu, Euch Vorschriften zu machen.«

Deng Yao zündete sich eine Zigarette an, obwohl er wusste, dass Gyaltsen den Geruch von Tabakrauch hasste und normalerweise nicht duldete, dass jemand in seiner Gegenwart rauchte. Er war der Ansicht, nur Dämonen sollten Rauch essen.

»Peking wird sicher einen weisen Entschluss fassen. Wenn ich mir nicht sicher wäre, würde ich nicht daran denken, ein solches Unterfangen zu beginnen.«

»Von welchem Unterfangen genau sprecht Ihr?«

»Noch einmal: Ich werde der Partei beitreten und für das Wohlergehen unseres Landes arbeiten.«

»Das könnt Ihr viel besser, wenn Ihr Eure repräsentative Aufgabe wahrnehmt.«

»Ich glaube, Sie verstehen nicht ganz, worauf ich hinauswill.«

Vielleicht war ja doch ein Dämon bei seiner Klausur auf dem Berg in ihn gefahren. Wie auch immer. Deng Yao würde versuchen dafür zu sorgen, dass alles im Sinne Chinas verlief. Er hatte nicht vor, sich auf der Nase herumtanzen zu lassen, obwohl Gyaltsen genau das im Sinn hatte und genau das gerade geschah.

»Dann erklären Sie es mir.«

»Einen weltlichen Führer der Tibeter, da werden Sie mir wohl zustimmen, gibt es zurzeit nicht, während der Dalai Lama zum Leidwesen Chinas als der geistige Führer der Tibeter gilt, und das nicht nur in Indien und Amerika. Stimmen Sie mir zu?«

Deng Yao verzog keine Miene.

»Und wenn?«

»Wir werden die Angelegenheit vom Kopf auf die Füße stellen.«

Deng Yao fiel es offensichtlich schwer, sich zu konzentrieren. Er drückte seine Zigarette in einer Messingschale aus und erntete Gyaltsens ungnädigen Blick.

Der Panchen Lama würde die entscheidende Rolle nach dem Tod des Dalai Lama spielen; bei der Auffindung des Nachfolgers, aber vor allem im Vakuum der Zwischenzeit. Mit dem Ableben des Dalai Lama war jederzeit zu rechnen, selbst wenn die Gerüchte über eine ernstzunehmende Erkrankung anscheinend nicht der Wirklichkeit entsprachen. Die Sterblichkeit war nach wie vor eine biologische Tatsache, und der Dalai Lama war ein alter Mann. Sein Fahrzeug näherte sich dem Ende der vorgesehenen Nutzungsdauer. Was nach dem Tod des Dalai Lama passieren würde, stand in den Sternen.

Der 11. Panchen Lama stieß auf wenig Akzeptanz in der tibetischen Bevölkerung, und seine obskure Idee, der KP beizutreten, würde sein Ansehen garantiert nicht verbessern. Eigentlich war es so, dass besonders die chinesische Führung dem Dalai Lama ein langes, wenn möglich gar ewiges Leben wünschte. Deng Yao sah seine Aufgabe unter anderem darin, die Entwicklungen in Tibet absehbarer zu machen. Gyaltsen sah seine Aufgabe in etwas ganz anderem.

»Ihr glaubt, Ihr könntet an die Stelle des Dalai Lama treten?«, fragte Deng Yao.

»Ich werde Verantwortung übernehmen. Wenn man mich lässt.«

»Wie seid Ihr auf diese Idee gekommen?«

»Sagen wir, ich hatte etwas Zeit, um nachzudenken.«

»Und wenn Peking diese Idee gar nicht gefällt?«

»Das ist Ihre Aufgabe. Sie wird Peking gefallen. Es ist die einzige Möglichkeit.«

Wenn Tibet brennt, wird man es in Peking riechen, dachte Gyaltsen, sagte es aber nicht.

Deng Yao fühlte sich langsam etwas besser, auf die erste Flasche Bier war eine zweite gefolgt. Vielleicht war Gyaltsens Idee nicht so schlecht, größenwahnsinnig oder weniger dramatisch: unangemessen, das ja.

»Ich werde darüber nachdenken«, sagte er schließlich. »Ich werde es mir durch den Kopf gehen lassen.«

»Das kann nicht schaden. Sie erlauben, dass ich mich zurückziehe. Vielleicht können wir morgen über alles sprechen, was daraus folgt.«

Der Tabakrauch und Deng Yaos ganze Art, die die Jahre in Peking verriet, hatten Gyaltsen sehr ermüdet.

4

In der Kong-Suite des Shigatse-Crown-Hotels trank Deng Yao eine halbe Flasche Whisky, die ihm auch keine weiteren Erkenntnisse brachte, aber die Gedanken fühlten sich so schon viel besser an. Draußen unterhielt man Touristen mit folkloristischen Darbietungen. Was für ein Bergaffentheater, dachte Deng Yao, ein Volkstheater mit Zaubersprüchen und Firlefanz und infernalischem Lärm. Man hätte vielleicht seit zwanzig Jahren schon eine härtere Linie fahren müssen. Die Unruhen im letzten Jahr, bei denen ein tibetischer Mob chinesische Geschäfte angezündet hatte, gaben ihm da recht.

Er betrachtete den Pegel der Flasche. Ein, zwei Gläser konnte er sich noch gönnen. Er vertraute einfach mehr auf seine Intuition, wenn er trank, es war wie ein Gebet: Trinken erfüllte für ihn den Tatbestand der Meditation. Das wollte er sich notieren. Ein Spruch des großen Vorsitzenden, posthum und apokryph.

Deng Yao mochte den Jungen. Die Marionette versuchte auf eigenen Beinen zu stehen, und in ihrem von Gebeten, Meditationen und Ritualen weichgeklopften Kopf formten sich anscheinend weltverbesserische oder sogar staatstragende Gedanken – der Junge machte dabei eine komische Figur, ganz wie es einer Marionette zukam. Mutmaßlich war sogar die Marx-Lektüre nicht ohne Folgen geblieben. Das war verblüffend, eigentlich ein Erfolg. Was trieb den jungen Mann an? Nichts anderes als ein pflanzenhaftes Mönchsdasein hatte er ihm zuvor attestieren können. Die Berichte über Gyaltsen waren so umfangreich wie langweilig. Was war an ihm bemerkenswert? Er spielte erstaunlich gut Pingpong. Ja, man könnte ihn aufbauen zu einem pekingtreuen, pingpongspielenden politischen Führer. Man könnte ihm Macht in die Hände legen oder, noch besser: Man könnte ihm, Deng Yao, Macht in die Hände legen. Der Pegel der Flasche senkte sich weiter. Man könnte gegen die Korruption vorgehen, die Entwicklung der Region forcieren: Wie immer, wenn man eigentlich etwas anderes vorhatte, behauptete man erst einmal, gegen die Korruption vorzugehen. Man könnte den Beweis antreten, dass China mit Tibet viel mehr für Tibet tun könnte als gegen Tibet. Man könnte dem Dalai Lama den Wind aus den Segeln nehmen für alle Zeit, so dass er vielleicht sogar von einer Wiedergeburt absah. Deng Yao lächelte bei dem Gedanken. Auf dem Bildschirm seines Rechners paarten sich amerikanische Collegestudenten. Spring break.

Die drohende Geburt einer Tochter hatte Deng Yao seinerzeit abwenden lassen, eine einleuchtende Maßnahme, wenn man betrachtete, wozu sich junge Mädchen unter Umständen hergaben.

Einen tibetischen Frühling könnte man lancieren im Sinne Chinas, an den CIA-gesteuerten Exiltibetern vorbei. Ja, vielleicht war das alles gar keine so schlechte Idee. Aber er brachte es noch nicht mit Gyaltsen, wie er ihn kannte, zusammen. Aus Setzlingen werden Bäume, besagte ein Sprichwort. Die letzte Kippe fand ihren Weg in die Whiskyflasche. Die Feuchtigkeit reichte gerade aus, um die Glut zu löschen.

Vier Wesen dürfen nicht geringgeschätzt werden, nur weil sie jung sind: ein Krieger, eine Schlange, ein Feuer und ein Mönch.
(Buddha)

5

Die Ratte stank trotz der Kälte. Woran starben diese Tiere, an Altersschwäche? Gift wurde jedenfalls nicht ausgelegt. Erschlagen hatte sie auch niemand, der Körper war unversehrt, die Augen waren geöffnet, fahl. Ein Zahn ragte aus dem Maul. Gyaltsen saß auf einem kleinen Mauervorsprung des Klosters und meditierte.

Perlen aus Jade glitten durch seine Finger, Perlen aus Sandelholz. Die Gebetskette aus Menschenknochen blieb in seiner Tasche. Den Widerwillen dagegen hatte er nie ablegen können, doch er trug sie aus Prinzip bei sich. Seine Zehen waren bereits taub, sie steckten nur in dünnen Filzpantoffeln. Es war dunkel geworden.

Xi Jinping, der neue starke Mann, hatte zugestimmt und ihn nach Peking eingeladen, ohne dass allerdings ein Termin vorgeschlagen worden war.

Das Parteimitglied Gyaltsen Norbu war in einer außerordentlichen Sitzung des ZK des Autonomen Gebiets Tibet in die Exekutive im Range eines Ministers ohne besonderen Aufgabenbereich aufgenommen worden. Wennschon – dennschon, hatte man sich wohl in Peking gedacht, da der Himmel ihn geboren hat, wird er doch wohl zu etwas nütze sein.

Die Welt hatte es gar nicht, die Tibeter hatten es nur mit Schulterzucken zur Kenntnis genommen. Unten in der Stadt zündete jemand in der Dunkelheit ein großes Feuer an. Es war genug. Gyaltsen nickte der fleischlichen Hülle der Ratte zu, erhob sich und stürzte den Leichnam mit einer Fußbewegung in die Tiefe.

6

Ö Jigme Rinpoche stand in seinem fünfzigsten Jahr, als er zu seiner letzten Reise nach Shigatse aufbrach. Sieben Jahre hatte er in chinesischen Lagern verbracht. Zwölftausend Mal hatte er in den letzten Tagen das Benzo-Guru-Mantra gesprochen. An Menschen hatte er seit achtundzwanzig Tagen kein Wort gerichtet. Nahrung hatte er seit zehn Tagen nicht zu sich genommen. Er wurde langsam schwach, es war an der Zeit, seinen Plan in die Tat umzusetzen.

Manch einer redet, aber handelt nicht;
ein anderer wieder erledigt unaufgefordert seine Aufgabe.
Das Shara-Gras blüht, trägt aber keine Früchte;
Die Kshīrī-Pflanze trägt Früchte, blüht aber nicht.
(Ravigupta)

Er kaufte sich einen Wasserkanister und ein Stück Schlauch. Er trank ein Glas Bier. Es schmeckte ihm nicht. Auf dem Weg begegnete er Menschen, die durch ihn hindurchsahen. Zu Füßen des Tashilunpo setzte er sich. Es war kalt, absurderweise waren keine Sicherheitsbeamten weit und breit.

Den Kopf geneigt und die Augen geschlossen, übergoss er sich mit Benzin. Der Gestank nahm ihm den Atem. Das Streichholz der Marke Chavi flammte hell auf. Als Erstes spürte er, wie seine Wimpern verbrannten.

TEIL II
USA

7

Drei Wochen bevor sich das Leben von Jonathan Daguerre grundlegend ändern sollte, kamen die Alpträume zurück. In dieser Nacht sah er ein gelbes Licht auf sich zurasen, ein Mann mit roter Haut und langgliedrigen Fingern griff nach ihm, wollte sich an ihm festsaugen und ihm eine fleischige muskulöse Zunge in den Mund schieben, was ihm aber Gott sei Dank nicht gelang, weil Jonathan sich, gepackt von bodenlosem Entsetzen und Abscheu, mit aller Kraft wehrte. Aber seine Widerstandskraft schwand, und bald hätte er dem Wesen nichts mehr entgegenzusetzen. Kurz bevor dieser Moment erreicht war, wechselte die Szenerie, und er sah den Mann von ferne, wie er neben einer Frau mit blondem Haarkranz, einem weißen Hemd und roter Krawatte auf einer Wiese saß; diese Frau war seine Großmutter, das wusste Jonathan, obwohl sie wenig Ähnlichkeit mit ihr besaß. Jonathan stand in sicherer Entfernung, hatte eine Spiegelreflexkamera, seine Canon 5D Mark II, in den Händen und versuchte immer wieder, mit der Automatik auf das Wesen scharfzustellen, das aber undeutlich blieb und bedrohlich.

Die Frau bemerkte nichts von ihrem Begleiter, auch nicht, als er sie mit einem Strohhalm im Nacken kitzelte, was sie zu einer schnellen Handbewegung veranlasste – vermutlich dachte sie, dass ein Insekt auf ihr gelandet war. Die Empfindungen, die Jonathan bei diesem Anblick hatte, waren unbegreifliche Angst und das Bewusstsein eines lauernden Wahnsinns, der ihn jederzeit packen könnte.

Jonathan musste jetzt, einem Zwang folgend und trotz seiner Angst, auf die beiden zugehen. Sie bemerkte Jonathan nicht, sie sah ihn nicht, anscheinend gehörte er einer anderen Welt an, der Welt, der auch das Wesen angehörte, das neben ihr saß. Jonathan machte ein Photo von der Frau. Dass er den Dämon durch die Linse nicht sah, wunderte ihn kaum, aber als er seine Hand vor das Objektiv hielt und auch diese unsichtbar blieb, schöpfte er Verdacht, und langsam dämmerte ihm, dass er sich in einem Traum befand. Wie bei den meisten Menschen führte diese Ahnung dann schnell zum Erwachen.

Die Alpträume kehrten in Variationen immer wieder. Sie waren alt, er kannte sie, solange er denken konnte. Manchmal waren es auch nur die Angstgefühle, die sich einstellten, und eine vage bedrohliche Präsenz, ohne dass er sich beim Erwachen an konkrete Bilder erinnerte.

Als er ein Kind war, hatte man auf die Pubertät gehofft, manchmal verwuchsen sich solche Träume und Ängste. Als er in der Pubertät gewesen war, hatte man auf das Ende der Pubertät gehofft. Jetzt war er fast zwanzig Jahre alt. An diesem Morgen hatte ihn wohl das Schreien der Silbermöwen gerettet, die sich über ein Fahrzeug der Straßenreinigung ereiferten, gegen sechs, kurz vor Sonnenaufgang. Die großen Tiere durchsuchten die noch verwaisten Straßen nach etwas Essbarem, während Jonathans Bewusstsein langsam im Schatten des Traums in die Realität zurückfand.

Noch eine Weile lag er wach auf dem Rücken und

starrte an die Decke. Draußen erwachte die Stadt. Jonathan schloss die Augen: In Lumpen gekleidete Chinesen zogen Käfige mit Hunden durch die Straße, Gott weiß wohin, die Köche schärften mit Schlaf in den Augen und den ersten Zigaretten in den Mundwinkeln ihre Messer. Der Salzgeruch des Meeres hing in der Luft, der Horizont war klar. In Wirklichkeit schob ein Obdachloser seinen Einkaufswagen mit Habseligkeiten vor sich her, in der Hand Hanfseile, an denen seine drei Köter, hungrig, aber gut gelaunt, in alle Richtungen strebten.

Jonathan wusste, dass das Töten von Hunden zum Verzehr nicht üblich war. Vermutlich war es sogar verboten, und es war davon auszugehen, dass auch die Chinesen im Land sich daran hielten.

Jonathan stieg aus seinem Bett. Die asiatische Bettwäsche aus besticktem Satin war ein Geschenk seiner Großmutter Elisabeth, bei der er einen Großteil seiner Kindheit verbracht hatte, während seine Eltern Geld verdienten und viel unterwegs waren. Das hatte Jonathan immer als großes Glück empfunden, denn bis auf ein paar Kirchenbesuche verlangte Elisabeth nichts von ihm, unterstützte ihn in allem und war so etwas wie eine allmächtige, schöne, wohlgesinnte Schwester. Sie hatte ihn nachts beschützt, wenn er aus Alpträumen erwacht war, und ihm Kakao in seiner geliebten orangefarbenen Plastiktasse mit dem Igelbild ans Bett gebracht. Auf die Idee, andere Familienmodelle als erstrebenswert anzusehen, kam er nicht. Er wusste ja, dass er aus einem fremden, fernen Land stammte und sich bei ihm die Dinge anders verhielten. Jonathans Telephon meldete sich mit dem dreimal wiederholten ersten Akkord von Nirvanas *Teen Spirit*. Seine Mutter bat dringend um einen Rückruf. Schon gestern hatte sie mehrfach versucht ihn zu erreichen, aber Jonathan hatte keine Lust gehabt, mit ihr zu sprechen.

Sie überredete ihn dann sowieso immer, mit ihr zu skypen. Erstens wollte sie ihn unbedingt sehen, und zweitens behauptete sie, dass Mobiltelephone ihr Kopfschmerzen bereiteten, wenn nicht gar Schlimmeres, wahrscheinlich führten sie sogar zu Gehirntumoren, auf jeden Fall aber zu Demenz, wenn man die Dinger ständig am Ohr hatte; das konnte man an den ganzen Jugendlichen schon beobachten, die mit dieser Technik aufwuchsen.

Es würde relativ aufgeregt um fast gar nichts gehen: Sie wollte einfach seine Stimme hören, sein Gesicht sehen, wissen, wie es ihm ging, wie es an der Uni lief. Was sie auch brennend interessierte, war die Frage, ob Jonathan mit einem Mädchen zusammen war oder nicht, wenn ja, mit was für einem Mädchen und am liebsten alle möglichen Details.

Jonathan sagte dann öfter: Meine Beziehung ist der Ozean.

Das war ein Satz von Angie Reno, einem Surfveteran, der unter Jonathan und seinen Freunden Kultstatus genoss: *Meine Beziehung ist der Ozean. Ich weiß gar nicht, ob ich eine andere will. Keine Frau würde verstehen, dass ich den Ozean mehr liebe als sie. Frauen würden denken, was soll das, wie kann das sein. Aber es stimmt, der Ozean kann eine Frau ersetzen, wenn auch auf eine andere Weise, die Liebe, die sie dir geben kann, die Enttäuschungen, die Angriffe, das Luftabdrücken, das*

Durchschleudern, die Orientierungslosigkeit, das Nicht-mehr-Wissen, wo oben und unten ist.

Angeblich hatte Angie Reno auch die Idee für *Baywatch* gehabt, die ihm dann von gierigen Hollywoodproduzenten geklaut worden war; Angie Reno, vom Leben gezeichnet wie sein alter Toyota, wie es einmal im Fernsehen geheißen hatte. Manchmal sahen sie sich *Baywatch*-Folgen an und rauchten dabei Marihuana. Der Erfolg von *Baywatch* beruhte größtenteils auf dem Ideal einer vor Gesundheit und Tatendrang strotzenden Jugendlichkeit, die das Team verkörperte, und auf der Mitwirkung publikumswirksamer Sexbomben wie Erika Eleniak, der legendären Pamela Anderson und später Carmen Elektra. Neben der Stammbesetzung tauchten in den Episoden immer wieder stark übergewichtige, behinderte, kleinwüchsige oder blinde Figuren auf. Für die Andersartigkeit dieser Menschen sollten die Hauptfiguren in besonderer Weise Mitgefühl und Fürsorge aufbringen.

Jonathan mit seiner goldbraunen Haut sagte jedem, dem er zutraute, dass er ihm glauben würde, er stamme aus Hawaii, einem kleinen Ort in der Nähe von Hilo auf Kailua-Kona. Das Surfen habe er mit der Muttermilch aufgesogen.

Seine Kurse würde Jonathan heute ausfallen lassen und sich stattdessen mit dem Longboard ein paar kleine Wellen suchen. Die Pelikane waren immer gut gelaunt. Sie hatten bestimmt keine Alpträume. Wenn nötig, löschten sie Waldbrände. Das hatte er als Kind in einem Comicheft gesehen, und es hatte ihn nachhaltig beeindruckt. Jonathan musste sie nur von Ferne sehen, schon war er glücklich.

Am Strand erreichte ihn eine weitere Nachricht seiner Mutter: *Wie geht es Dir, Schatz? Du hast morgen einen Termin bei Dr. Maas. Schick mir wenigstens eine SMS! luv*

Er antwortete: *der ozean ist die heilung / sobald du am wasser bist / bist du gereinigt / du denkst vielleicht über etwas nach / schaust aufs wasser / du sagst dir: so what // ein gedicht von j.*

8

Die neue Therapeutin trug einen schwarzen Hosenanzug. Dabei war es dafür eigentlich viel zu heiß. Sie schwitzte ein wenig. Das Weiß ihrer Bluse war makellos. Ihr pechschwarzer Bob saß, als wäre ein Heer von Stylisten vor einer Sekunde erst über die Feuerleiter verschwunden, kurz bevor Jonathan durch die mit Ponyleder bezogene Tür trat.

Auf den ersten Blick schätzte Jonathan Odile Maas folgendermaßen ein: Überfliegerin an der Uni, eine Frau, die alles mit Auszeichnung besteht und trotzdem die großartigsten Partys nicht nur feiert, sondern auch veranstaltet. Jonathan erkannte eine Spur zu viel Ehrgeiz und Verbissenheit – eine schemenhaft zu erahnende Stirnfalte –, ein Indiz für einen Mangel an Religion und vielleicht auch Anstand. Er entdeckte weiterhin einen winzigen Anteil von Verklemmtheit in ihrem Wesen, der ihr bewusst war, den sie nicht aushielt und der sie vermutlich ab und an in schlimme Abgründe trieb. Aber schließlich war er hier, um analysiert zu werden beziehungsweise therapiert.

Odile hing nicht dezidiert einer therapeutischen Schule an. Wer heilt, hat recht, war ihr einziges Mantra. Wenn es Jonathan schlechtging, schien ihm die Existenz selbst die psychische Krankheit zu sein, die schließlich in jedem Fall in der Unbenutzbarkeit des Körpers endete.

Mit zwanzig hatte er schon vor einem Dutzend Psychiatern gesessen. Er erinnerte sich kaum an einen Namen.

Zweifellos ähnelten die Psychiater oder Psychotherapeuten einander mehr als ihre Patienten. Sie hatten ja auch ähnliche Studiengänge hinter sich.

Meist lief es darauf hinaus, dass man ein frühkindliches Trauma für seine Störungen verantwortlich machte: Da war die Trennung von seinen leiblichen Eltern, an die er sich nicht erinnerte, und ungefähr in dieser Zeit hatte es einen Autounfall gegeben, von dem ihm Narben an den Händen und am Kopf zurückgeblieben waren.

Er brachte wirklich kein Verständnis auf dafür, dass ein Druck eines Bildes von van Gogh in Odiles Behandlungszimmer hing. Der hatte sich ein Ohr abgeschnitten. An der Geschichte kam man im Kunstunterricht nicht vorbei. Auf diesem Bild war er unversehrt und schaute ins Nichts, während um ihn herum der Wahnsinn in blauen Schlangenlinien loderte.

Sie müsste jetzt langsam mal was sagen, dachte Jonathan, aber sie blätterte in einem Kalender, und auf ihrem Schreibtisch lag ein Buch von Hillary Clinton.

Jonathan war nervös, er trug eine kurze Hose, legte ein Bein über das andere, er musste sich nicht rasieren. Bei ihr sah das vielleicht anders aus. Sein Vorstellungsvermögen funktionierte, nein, er war nicht depressiv, er nahm auch seine Medikamente. Vielleicht war er einfach nicht ordentlich synchronisiert mit der Welt, Dinge geschahen zum falschen Zeitpunkt, das war alles. Er mochte zum Beispiel seine Eltern, obwohl er sie nur schwer aushalten konnte. Sie rauchten Marihuana. Das taten sie, solange er denken konnte. Er konnte jetzt aber nicht mehr denken. Deshalb besuchte er auch keine Universität. Dort war Denken obligatorisch oder das, was man darunter verstand, und jeder Satz, den man sagte, zählte. Unmöglich, unter diesen Bedingungen zu sprechen.

Warum sagte sie nichts? Ihr Schweigen machte ihn nervös, ihr Bob, ihre wirklich perfekte Nase. Dagegen der ins Nichts blickende Maler mit den orangefarbenen Haaren überall im Gesicht.

Und dann, nachdem Jonathan seinen Blick endlich von dieser schrecklichen Reproduktion losreißen konnte, erkannte er sie plötzlich: Louise Brooks, die Stummfilmdiva – die Ähnlichkeit war wirklich verblüffend. In diesem Moment öffnete sie die Lippen und sagte:

»Haben Sie Sex?«

»Im Moment nicht.«

Odile Maas verzog keine Miene.

»Hatten Sie schon mal Sex?«

»Ich bin zwanzig Jahre alt.«

»Das weiß ich, das steht hier.«

Van Gogh hatte wahrscheinlich irgendeine Art von Sehstörung. Vielleicht hatte ihn einfach die Symmetrie von zwei Ohren am menschlichen Kopf abgestoßen. Alles von Wert entstand aus irgendwelchen Störungen und aus Ungleichgewichten.

»Eine Frau hat nach einer Party einmal meinen Schwanz in den Mund genommen.«

Eigentlich während einer Party.

Odile Maas konnte lächeln.

»Und wie war das für Sie?«

»Bedrohlich.«

»Können Sie das etwas genauer beschreiben?« Jonathan ging davon aus, dass sie nicht den Vorgang an sich meinte.

»Ich hatte Angst.«

»Sie hatten Angst?«

»Bitte wiederholen Sie nicht meine Antworten, das macht mich wahnsinnig.«

Sie schloss die Augen, vielleicht, so mutmaßte Jonathan, versuchte sie sich damit auf besondere Art und Weise in ihn hineinzuversetzen, trotzdem sagte sie: »Das macht Sie wahnsinnig?«

Die Welt seiner Vorfahren, wie er sie sich vorstellte, war voll amorpher und schrecklicher Bilder. Ein abgeschnittenes Ohr war dort nicht der Rede wert.

Vielleicht erschreckte ihn, dass sie versuchte, in seine Gedanken einzudringen, indem sie seine Sätze wiederholte. Vielleicht sah sie sogar die schrecklichen Bilder, die ihn zuweilen heimsuchten. Indem sie seine Störung emphatisch nachzuvollziehen suchte, beschwor sie sie herauf, so kam es ihm gerade vor, denn seine Gedanken drehten sich plötzlich im Kreis.

»Ich weiß nicht, ob das eine übliche Gesprächsstrategie bei Psychiatern ist, aber ich halte das nicht aus.«

Sie schüttelte den Kopf: »Nein, das glaube ich nicht.«

Aber was glaubte sie dann? Van Gogh hatte keine Antwort für Jonathan, aber ein Verband um den Kopf, so schien es ihm gerade, das war in jedem Fall eine gute Idee, er brauchte einfach nur einen Verband um den Kopf, und alles würde gut werden.

»Aber dann sagen Sie mir vielleicht, wie das alles zusammenhängt.«

»Ich kann Ihnen nicht sagen, wie das alles zusammenhängt, ich bin nicht Jesus oder Gott.«

Diese Aussage warf für Jonathan so viele Fragen auf, warum war sie nicht Gott?

»Ich führe nur ein erstes Gespräch«, ergänzte sie.

»Stimmt es, dass der Heilige Geist bei den Hebräern weiblich ist?«, fragte Jonathan.

Ihre linke Augenbraue zuckte kurz.

»Keine Ahnung. Wir sprachen über Ihre sexuellen Erfahrungen.«

»Ich glaube nicht, dass die in irgendeiner Weise für mich bestimmend sind. Ich weiß, dass so was in den Ohren einer Psychiaterin einigermaßen lächerlich klingt. Aber es ist meine feste Überzeugung. Es gibt auch nicht viel zu erzählen.«

»Zu viel Therapieerfahrung ist kontraproduktiv. Vergessen Sie einfach alles, was da bisher stattgefunden hat.«

Jonathan hielt das für eine etwas abenteuerliche Idee aus dem Mund einer Therapeutin.

»Ich bin schwermütig und deshalb für eine Erwerbsarbeit oder ein Studium nicht geeignet. Und ich habe Alpträume. Weder die Psychiater noch die Medikamente helfen wirklich.«

Sie nickte.

»Ich sitze hier, damit mir meine Eltern weiter Geld überweisen. Sonst würde ich zu Hause sitzen oder am Strand.«

Odile Maas lächelte.

»Das heißt, Sie leben vom Geld Ihrer Eltern?«

Das war keine Frage. Genaugenommen war es eine Schlussfolgerung im Gewand einer Feststellung im Gewand einer Frage.

»Genaugenommen sind es nicht einmal meine Eltern. Ich bin adoptiert worden.«

Girlfriend in a Coma. Das Lied ging Jonathan den ganzen Tag schon nicht aus dem Kopf. *It's really serious*. Fast wäre er dem Impuls gefolgt, es zu pfeifen.

Eine sehr spitze Zunge fuhr blitzschnell an ihrem rechten Mundwinkel entlang.

»Ich schlage vor, wir sehen uns einmal die Woche.«

Das ging Jonathan nun etwas zu schnell, aber grundsätzlich war er einverstanden, sie würde ihn bestimmt nicht über alle Maßen nerven, und wenn, dann wurde er wenigstens von einer schönen Frau genervt und nicht von einem Mann, dem Haare aus den Ohren wuchsen.

»Ich glaube, ich weiß, warum van Gogh sich ein Ohr abschneiden wollte.«

»Wer?«

»Ohren sind unheimlich schwer zu malen. Ich habe es selbst versucht. Es macht einfach keinen Spaß und führt, selbst wenn es gelingt, zu nichts.«

Sie reichte ihm nur mäßig irritiert ihre schmale Hand, die Nägel blassrosa lackiert.

9

> – *Wie soll man sich Frauen gegenüber verhalten?*
> – *Sie nicht ansehen, Ananda.*
> – *Aber wenn wir sie sehen, was sollen wir tun?*
> – *Nicht mit ihnen sprechen, Ananda.*
> – *Wenn sie uns aber ansprechen, Herr,*
> *was sollen wir dann tun?*
> – *Auf der Hut bleiben, Ananda.*
> Digha-Nikāya

In der Woche darauf erfand Jonathan eine schottische Geliebte, mit Haut so weiß wie Schnee, Haaren schwarz wie Ebenholz und Lippen rot wie Blut (ihr Vater stammte aus Sizilien, einer Insel im Mittelmeer, auf der die toten Körper, ähnlich wie die Körper buddhistischer Heiliger, einfach nicht verwesten).

»War das Ihr einziges sexuelles Erlebnis, bis Sie Schneewittchen kennengelernt haben? Ich meine, Ihr einziges sexuelles Erlebnis, an dem ein anderer Mensch beteiligt war?«

Odile Maas bezog sich auf die Party, von der Jonathan ihr erzählt hatte. Da musste er dann doch nachdenken, weil sein Gehirn so schlecht funktionierte und die Frage so perfide gestellt war.

Warum sie als eine Koryphäe galt, blieb ihm angesichts ihrer Gesprächsführung immer noch ein Rätsel. Vielleicht therapierte sie nicht durch das gesprochene Wort, vielleicht therapierte sie durch Präsenz, das war vorstellbar.

Nein, seine Mutter Margaret (Maggie) Daguerre hatte ihn nicht geboren. Sie hatte sich gegen die Mühen einer Schwangerschaft entschieden und es stattdessen vorgezogen, ein Kind aus der Armut und der Rückständigkeit Chinas zu erlösen und in das Land der Freien und an ihre Brust zu befördern. Sein Vater hatte dabei nur eine Nebenrolle gespielt. Das war Jonathan schon sehr früh klar gewesen, ohne dass er ihm das je übelgenommen hätte. Natürlich machte eine Therapeutin hinter eine solche Aussage ein Fragezeichen.

Es war dann über lange Zeit die Brust seiner Großmutter gewesen, an die er sich angelehnt und an der er geweint hatte. Odile ertappte sich dabei, wie sie mit dem Kugelschreiber Herzen auf ihren Notizblock malte.

Manchmal war Jonathan der Gedanke gekommen, dass seine Eltern es waren, die ihn geraubt hatten, dass sie ihn nicht gerettet hatten aus einem Waisenhaus, sondern gestohlen aus seinem wirklichen Leben.

In der Selbsthilfegruppe, die Jonathan aus purer Neugierde mehrmals besucht hatte, hieß es: Es gibt keine unschuldigen Adoptiveltern. – Aber was sollte das bedeuten? Dass das Gute nicht gut war? Dann gab es auch keine unschuldigen Eltern. Auch Jesus fühlte sich von seinem Vater im Stich gelassen. Über seinen Adoptivvater fanden sich hingegen in der Bibel keine Beschwerden.

Nach und nach ergab sich aus all den Fragezeichen und Herzchen ein Bild für Odile.

Zwei Wochen später sprachen sie bereits in folgender Weise miteinander:

»Dreh dich um.«

Odile gab ein entschiedenes »Nein« von sich und rollte sich auf den Bauch.

»Du weißt schon, dass meine Eltern dafür bezahlen?«

»Und deshalb soll ich tun, was du sagst?«

»Ich habe noch nichts Ungewöhnliches verlangt.«

»Mir tut schon alles weh.«

»Das ist nichts gegen meine psychischen Probleme. Du fasst dich einfach eine Woche lang nicht an.«

»Du musst dir eine andere Therapeutin suchen.«

Er verharrte in Liegestützposition, während sie sich unter ihm bewegte, sie berührten sich nur im wichtigsten Punkt. Jonathan hatte seine Medikamente abgesetzt.

Er schrieb Sachen wie: Odile Maas tut mir gut, füllt meine Leere aus, sie ist da, aber es ist alles nur eine Frage der Zeit. Ich weiß: Sie wird mich verlassen. Es kommt mir vor wie ein sehr langer Song von Pink Floyd. Ein Song, den es auf keinem Album gibt. Eine Welle, auf der man nicht zum Strand, sondern aufs offene Meer hinausreitet. Er besuchte wieder Seminare: Hegels Sicht des Hinduismus. Hegel aus hinduistischer Sicht. Vom historischen Buddha zum Lamaismus. Existenzphilosophie. Er entwickelte zum ersten Mal seit zwei Jahren wieder ein Bild von sich, das über den Konsum von THC und Surfen hinausging.

Sie hatten viele Berührungspunkte oder Nichtberührungspunkte, die zu Berührungspunkten wurden. Jonathan rauchte Joints, sie nicht. Er war in Behandlung, sie behandelte. Odile Maas aß für ihr Leben gerne Fleisch, Steaks und sogar Spareribs und französische Würstchen, die für Jonathan nach totem Tier und Knoblauch, Verwesung und Stallgeruch schmeckten, sie nannte das: pikant. Jonathan rührte kein Fleisch an. Sie trank auch unmäßig, jedenfalls, wenn man Jonathan zum Maßstab nahm, zwei Liter Bier zum Beispiel, ohne Probleme, gerne auch mal einen Liter Wein, während er sich mit einer Dose Bier zufriedengab. Darüber hinaus war sie auch noch verheiratet. Es gab einen Altersunterschied von zwölf Jahren, einen Größenunterschied von zwei Zentimetern, einen Gewichtsunterschied von fünf Kilogramm. Was war schon von Dauer?

10

*Findest du ein Drachenei, geh davon aus,
dass es einen Drachen gibt.*
Chinesisches Sprichwort, apokryph

Christian Bang war zwei Jahre lang Korrespondent der *Los Angeles Times* in Nepal gewesen. Er war zwischen buddhistischen und hinduistischen Tempeln hin und her geschlendert, hatte sich in die Kumari, die Verkörperung der Göttin Taleju, verliebt oder geriet zumindest beim ein oder anderen Exportbier für sie ins Schwärmen. Aber darüber ließen sich keine verkäuflichen Kurztexte verfassen.

Auch über seine sich alle furchtbar ähnelnden Gespräche mit himalayabewegten Travellern wollte er nicht schreiben. Die Menschen, die aus Westeuropa und Amerika nach Nepal reisten, schienen Christian alle von einem Schlag zu sein.

Irgendwann hatte die Zahl der Osteuropäer zugenommen; erst nette Hippies, junge, höfliche esoterische Familien, dann die saufende, pöbelnde Nachhut, die sich für eine überlegene Rasse hielt, Nietzsches letzte Menschen.

Christian Bang hatte keine Lust, über so etwas auch nur ein Wort zu verlieren. Er verstand diese Zwanzigjährigen nicht, sie interessierten sich eigentlich für nichts, hatten kein Ziel in ihrem Leben, außer *gut klarzukommen*, und als Urlaubsidee verschlug es sie in diese im Wortsinn exotischen Gefilde, wo sie dann ratlos, trostlos, jedenfalls von allen guten Geistern verlassen, zwischen den Tempelmauern herumstanden, irgendwo kifften, ohne den Blick zu heben, zum Firmament zum Beispiel, wo sich über dem Himalaya eine Mondfinsternis abspielte. Darauf hingewiesen, zuckten sie mit den Schultern. Sie wussten nichts, und sie wollten auch nichts erfahren, außer, wo es die besten Pancakes gab.

Christian Bang hatte in etwas mehr als hundert Wochen, die er in Nepal verbracht hatte, dreieinhalb Artikel abgeliefert, von denen einer gedruckt wurde: »Die Ziegenopfer zu Ehren der Göttin Kali«, und einer sich kurzzeitig auf der Internetseite der Zeitung fand: »Vergleichende Betrachtung von abgeschlagenen Tier- und Menschenköpfen«. Danach hatte man erst einmal davon abgesehen, ihn nach weiteren Texten zu fragen.

Seine journalistische Arbeit hatte also bis vor drei Wochen brachgelegen, dann erhielt er einen Anruf von einem angeblichen Freund seines Vaters, der sich dringend mit ihm treffen wollte. Den Namen hatte Christian Bang noch nie gehört, und es war auch nichts über den Mann herauszufinden gewesen.

Das Treffen fand in einem der besten chinesischen Restaurants downtown statt. Hao Bao, wie er sich, vielleicht von einem asiatischen Lieferservice inspiriert, nannte, handelte nach einem internen Plan mit großer Ruhe eine Liste mit Gesprächsthemen ab: Die Wirtschaftskrise, der schwarze Präsident, die Möglichkeit eines hispanischen Präsidenten, wann würde es einen nichtchristlichen Präsidenten der USA geben und welcher Religion würde der angehören? Der Sonderstatus Hongkongs, Nepal, sehr schön das ... *ach ja, da haben Sie ja einige Zeit verbracht, da gibt es noch Göttinnen, die in Tempeln gehalten werden. Sobald sie bluten, verlieren sie ihre Göttlichkeit und werden ins normale Leben verstoßen.* Die Entwicklungen in Myanmar. Wie die Olympiade gelaufen war. Dass China die ganze Welt kaufen könnte: *Aber nur, wenn das Weltwirtschaftssystem nicht zusammenbricht –* und dass das Weltwirtschaftssystem zusammenbricht, wenn China so weitermacht und die USA so weitermachen.

Sie aßen *Fisch, der nach Schwein, das nach Huhn schmeckt.*

Christian fragte sich, worauf das alles hinauslaufen sollte. Man trank weißen Tee. Danach ging man zu Gin Tonic über. Vollzog einen abrupten Kurswechsel zum Getreideschnaps.

Das Gespräch blieb weiterhin unverfänglich.

Schließlich, nach dem zweiten Blair Athol, schob Hao Bao einen Umschlag über den Tisch. Christian hatte schon den halben Abend auf etwas gewartet, das ihn interessieren könnte. Nun lag der Sack mit der Katze zumindest auf dem Tisch.

»Wollen Sie mich kaufen?«

Der Chinese lachte, als hätte Christian einen guten Witz gemacht, was nicht der Fall war.

»Nein. Ich möchte Ihnen etwas schenken.«

Sie stießen etwas ungelenk ihre Gläser aneinander.

Auf der Dachterrasse sah man über einen weiten Teil der Stadt, rechts die Hollywood Hills, in der Ferne der Ozean. Am Strand wurde ein ambitioniertes privates Feuerwerk gezündet.

Der Chinese rauchte eine elektrische Zigarette. Es war das erste Mal, dass Christian Bang so etwas sah. Der Qualm war dicht und geruchlos.

»Ich glaube, ich habe Ihnen heute eine große Freude bereitet.«

»Wenn Sie auch noch die Rechnung bezahlen, geht das schon in Ordnung«, sagte Christian.

Hao Bao lachte. Er mochte es wirklich, wenn die Langnasen sich erst gar keine Mühe gaben, gesittet aufzutreten. Wenn man sich mit einem Pavian trifft oder mit einem Hochlandaffen, möchte man ja auch nicht, dass er mit Messer und Gabel isst und seinen Hintern mit einem Schwalbenschwanz bedeckt. Man geht doch in den Zoo, um sich diese nackten roten Ärsche anzusehen und sich darüber zu wundern, dass diese Tiere so enge Verwandte sind. Aber alles, worauf es ankommt, ist diese kleine, im besten Fall schillernde Blase, die man Bewusstsein nennt, die ein Karpfen aus dem offenen Maul entlässt.

Die Bedienung hatte ungewöhnliche Glückskekse gebracht. Hao Bao machte keine Anstalten zu erfahren, was sich in seiner frittierten und glasierten Teigtasche verbarg. Christian zerteilte seinen Keks mit einem Messer. Das Zettelchen war aus Plastik und dreisprachig.

EINHEIT DURCH GERECHTIGKEIT.

Christian nickte.

»Großartig, das erklärt alles. Möchten Sie Ihren nicht öffnen?«

Hao Bao schüttelte den Kopf.

»Ich lasse ihn mir einpacken.«

Hao Bao schaute sehr ernst, dann lächelte er.

»Herr Bang, das war ein Witz. Es hat mich wirklich sehr gefreut, Sie kennenzulernen.«

Christian stand auf, schüttelte die Hand und verbeugte sich etwas zu tief.

»Kann ich Sie irgendwie erreichen, wenn ich das gelesen habe? Da ist ja vermutlich was drin, was man lesen kann. Ich hoffe, es ist kein Chinesisch.«

Hao Bao schüttelte den Kopf.

»Das wird nicht notwendig sein. Finden Sie den Jungen und berichten Sie darüber, wie immer Sie wollen, dies ist ein freies Land in einer freien Welt.«

»Ja, natürlich. Ich weiß nicht, wovon Sie reden.«

»Natürlich nicht.«

Christian war auf dem Weg zu seinem Wagen und riss den Umschlag auf. Der Vollmond, die Laternen und Werbetafeln sorgten dafür, dass es fast taghell war. Drei große Jeeps mit schwarzen Scheiben fuhren in gemächlichem Tempo die Straße entlang.

Ein Kind in einem Dinosaurierkostüm (Tyrannosaurus Rex) setzte vorsichtig einen Fuß vor den anderen. Durch die Augenlöcher, die sich oberhalb der Augäpfel befanden, sah das Kind nur den Himmel und bewegte sich deshalb unsicher wie Godzilla 1954, als es japanischen Kameramännern das erste Mal gelungen war, das Monstrum auf Zelluloid zu bannen.

Jemand hatte seine Fastfoodüberreste auf der Motorhaube von Christians Ford abgestellt, eher ungewöhnlich in so einer Gegend. Christian startete den Wagen, setzte rückwärts aus der Parklücke. Der Abfall landete auf der Straße. Das sah ihm eigentlich nicht ähnlich. Aber ein zukünftiger Pulitzerpreisträger, und für den hielt er sich, nachdem er den Umschlag geöffnet hatte, konnte sich eine gewisse Asozialität erlauben. Das Blut pochte in seinen Schläfen. Als er kurz die Augen zusammenkniff, tanzten fünf Sterne in seinem Sichtfeld, einer davon war viel größer als die anderen.

11

Buddhismus ist keine Frage des Glaubens,
sondern der Erkenntnis.
Zar Alexander II.

Die Sonne stand über dem Pazifischen Ozean. Am Anschlagbrett für Segler und Surfer war Windstärke 6 annonciert. Grobe See. An Land: Auch dicke Äste bewegten sich, hörbares Pfeifen an Drahtseilen, an Telephonleitungen. Auf See: Größere Wellen mit brechenden Köpfen, überall weiße Schaumflecken.

Eine respektvoll erschütterte Welt nahm den Tod von Michael Jackson zur Kenntnis. Ein Mann, der nicht nur singen konnte, sondern auch Dinge sagte wie: Lügen laufen Kurzstrecken, aber die Wahrheit läuft Marathondistanzen.

Einige Menschen waren traurig, andere waren sehr an einem würdelosen Altern dieses Gottes interessiert gewesen und sahen sich um weitere Attraktionen betrogen. Einmal mehr stellte sich heraus, dass große Männer nichts mehr fürchten müssen als Menschen, denen sie Gutes getan haben, und letzten Endes ihre Leibärzte.

Christian Bang hörte auf die Meldung hin noch einmal *Beat It* und *Billy Jean*, sah sich das Video von *Beat It* an und hatte eine Gänsehaut: Das Klopfen bei 3:07, das darauffolgende Gitarrensolo von Stevie Stevens – so hatte sich die Welt 1983 angehört, und so hatte sie ausgesehen.

Es war Neumond, hohe Wellen liefen ein und brachen sich weit draußen vor dem Strand. Jonathan suchte die Stühle nach seiner Verabredung ab. Eine hauptsächlich von Touristen frequentierte Strandbar am Muscle Beach; man konnte draußen sitzen, und das Rauchen von Tabak war erlaubt. Kleine, ausgeblichene Flaggen aller Herren Länder flatterten im Wind. Auf der kleinen Mauer neben dem Laden gab es ein Graffito: *Ich habe Gott so was nie sagen gehört.*

Jonathan kamen Bilder aus Khao Lak in den Sinn. Khao Lak nach dem Seebeben vor Sumatra. Jonathan war damals fünfzehn Jahre alt und schon ein hervorragender Surfer. Der Mann, an den Jonathan sich erinnerte, saß am Strand von Thailand und blickte Richtung Meer, vielleicht hatte er auch die Augen geschlossen, das war aus so großer Entfernung auf dem Filmmaterial nicht zu erkennen. Das Meer hatte sich zurückgezogen. Kilometerweit lag der Meeresboden frei.

Die Kamera oder die Kamera in Jonathans Erinnerung fokussierte auf einen Mann am Strand. Die Aufnahme wurde vermutlich vom Dach eines Hotels gemacht. Auf dem weiten weißen Strand kein anderer Mensch weit und breit, nur dieser Mann.

Der Mann wartete im Lotussitz auf das Wasser. Hatte er wirklich die Idee, diese Welle überleben zu können? Um einen geplanten Selbstmord konnte es sich nicht handeln. Vielleicht war er auch blind. Vielleicht verstand er diese Meditation als Kunstwerk. Der Moment, in dem der Mann verschwand, war nicht wirklich auszumachen. Aber das Vorher und Nachher zeigte, dass er stattgefunden haben musste. Jonathan entdeckte den blonden Journalisten Christian Bang vor einer Schale mit Chips sitzend, eine Schachtel französischer Zigaretten auf dem Tisch.

Als Christian Bang Jonathan erblickte, stiegen ihm sehr zu seiner Überraschung die Tränen in die Augen. Das war sonst nicht seine Art. Der Junge hatte das Zeug zu einem Model. Auch wenn es darum nicht ging. Seine Gesichtszüge waren ebenmäßig, die Farbe seiner Haut war tatsächlich golden, und er strahlte, so schien es Christian, Ruhe und Selbstbewusstsein aus.

Sie reichten sich die Hände. Christian hatte das Gefühl einem Staatsmann die Hand zu reichen, mehr noch, er hatte das Gefühl, dass ein Staatsmann dem anderen die Hand reichte. Natürlich war das albern, aber auch das Bewusstsein einer gewissen Albernheit schützte ihn nicht vor Ergriffenheit. Auch ohne Jonathans erstaunten Blick merkte Christian, dass er etwas zu lange Jonathans Hand festhielt.

»Worum geht's?«, fragte Jonathan und sah aufs Meer hinaus.

Ein Surfer hört dir nie zu, wenn du mit ihm redest, weil seine Gedanken nicht bei dir sind, sondern bei der Welle. Diesen Satz hatte Christian Bang selbst in einem Text verwendet. Vielleicht handelte es sich aber auch um ein kalifornisches Sprichwort. Jonathan hatte nach der Therapie mit Odile Maas sein Leben in andere Bahnen gelenkt, er ging in ein Fitnessstudio und stemmte Hanteln. Er legte an Gewicht zu, bald würde er sich einen neuen Neoprenanzug kaufen müssen. Er surfte. Er besuchte relativ regelmäßig die Universität. Er hatte sein Zimmer in der WG untervermietet und lebte in einer kleinen Wohnung, am Hang in einer Seitenstraße über dem Sunset Strip, die Odile Maas ihm gemietet hatte, beziehungsweise hatte sie diese anderthalb Zimmer ohne Wissen ihres Mannes sowieso gemietet, und jetzt wohnte eben Jonathan dort.

Nach einer Pause antwortete Christian, er recherchiere für eine Reportage über Tibeter in Kalifornien.

»Wow, Tibeter in Kalifornien.«

Sie bestellten Kaffee, und Christian störte, dass er in die Sonne schauen musste, während Jonathan störte, dass er auf diese trostlose Bar schauen musste. Bis China waren es circa zehntausend Kilometer. Die letzten Meldungen aus Tibet hatten nur unmaßgeblich mit Politik zu tun, sie betrafen physikalische Experimente: Am heiligen See Kokonor übertrugen chinesische Physiker die Quantenzustände von Photonen über einen Abstand von hundert Kilometern. Albert Einstein hatte dieses Phänomen seinerzeit als spukhafte Fernwirkung bezeichnet.

Eigenartigerweise hatte sich Christian überhaupt keine Gedanken gemacht, wie er vorgehen wollte.

Sie sprachen über Jonathans Engagement für den vierundvierzigsten Präsidenten der Vereinigten Staaten. Christian hatte sich informiert. Jonathan hatte sich, wie viele Menschen, in der Kampagne im Internet und auch auf der Straße eingesetzt. Was war geblieben von der Aufbruchsstimmung? Wie fühlte sich das an, einen schwarzen Präsidenten zu haben? Mittlerweile war Jonathan von Obama enttäuscht. Auch wenn er diese Enttäuschung vorausgesehen hatte; wie sollte man von einem politischen Führer im Allgemeinen und im Besonderen von einem Präsidenten der Vereinigten Staaten nicht enttäuscht sein? Nachdem alle Endorphine der Wahlfeiern längst verballert waren, war man wieder auf dem Boden der Tatsachen gelandet. Es wurde weiter sinnlos Krieg geführt, Guantánamo existierte, die First Lady sah bezaubernd aus, im Land bewegte sich nichts. Einen frühen absurden Höhepunkt stellte für Jonathan die Annahme des Friedensnobelpreises dar. Allein schon, weil der deutschstämmige Massenmörder und Chinafreund Henry Kissinger den entgegengenommen hatte, verbot sich das eigentlich von selbst.

Die Sonne ging unter, und vor ihren Augen wurde exzessiv Rollschuh gefahren, als wäre das gerade erst erfunden worden und der letzte Schrei.

Jonathan trug eine riesige und unglaublich dunkle Sonnenbrille, die er bei Odile beschlagnahmt hatte, während Christian ohne Brille dasaß, weil er seine gefakte Ray Ban wie immer irgendwo liegengelassen hatte (auf dem Autodach, im Kühlschrank).

Zwei Krähen untersuchten in ihrer Nähe eine Plastiktüte mit den Überresten eines Picknicks holländischer Touristen, gingen leer aus und beschwerten sich lautstark. Der Wind hatte sich etwas gelegt. Sie entschieden sich, hineinzugehen. Es lief die Nevermind von Nirvana, und einige angetrunkene Hillbillies bewegten sich dazu.

»Aber Ihre Herkunft muss doch irgendeine Rolle spielen?«

»Ja, aber vielleicht nicht in meinem Leben, ich weiß nicht. Es gibt so viele Dinge, die in meinem Leben eine Rolle spielen.«

Das war nicht ganz, was Jonathan hatte sagen wollen, es war nur im Moment so, dass Odile gerade seine ganze oder halbe Aufmerksamkeit auf sich zog.

»Haben Sie sich schon mal gefragt, wer Ihre wirklichen Eltern sind?«

Es war nicht gut, wenn man die Augen seines Gegenübers nach so einer Frage nicht sah, es war vielleicht überhaupt dumm, so eine Frage zu stellen, die Sache von dieser Seite anzugehen.

»Meine wirklichen Eltern. Was soll das denn werden? Ticken Sie nicht richtig?«

»Jonathan, ich weiß, das wird alles extrem verrückt für Sie klingen. Wissen Sie, wer der Dalai Lama ist? Also, ich meine, Sie wissen, wer der Dalai Lama ist, richtig? Könnten Sie bitte Ihre Brille abnehmen?«

Jonathan antwortete: »Sie sind irgendwie psycho«, und schob seine Brille ins Haar.

Christian hatte die Vorstellung, auf einen dummen Menschen zu treffen, vor der Begegnung Bauchschmerzen verursacht; er hatte sowieso ein empfindliches Magen-Darm-System, das unter seiner Vorliebe für unmäßig scharfes Essen, jede Menge unterschiedlichster Drinks und der ständigen Raucherei genug zu leiden hatte. Unsterblichkeit war vorstellbar, Sterblichkeit nicht. Sterblichkeit konnte man beobachten, Unsterblichkeit nicht. Aber es ging nicht um Unsterblichkeit.

»Wissen Sie auch, wer der Panchen Lama ist?«

»Keine Ahnung, worauf Sie hinauswollen.«

»Sie waren noch nie in Tibet?«

»Ich habe kein Visum bekommen. Einen Tibeter wittern die Chinesen zweitausend Meilen gegen den Wind. Trotzdem bekommt man normalerweise ein Visum, ich habe einfach keins bekommen. Keine Angabe von Gründen. Wahrscheinlich, weil meine Eltern irgendwann mal in einer Free-Tibet-Initiative engagiert waren.«

Natürlich wusste er, wer der Panchen Lama war.

»Glauben Sie an Wiedergeburt?«

»Sie etwa?«

»Ich weiß es nicht. Ich habe keine Ahnung. Ich weiß nur, dass Sie das Kind waren, das die mit der Suche beauftragten Mönche und der Dalai Lama für das richtige Kind gehalten haben. Sie sind der Panchen Lama.«

Im Hintergrund fiel ein älterer bärtiger Mann, vom Alkohol der Schwerkraft ausgeliefert, beim Tanz zwischen den Beinen seiner jungen schönen Partnerin zu Boden, es war wie eine Geburt. Er schrie auch kurz auf, aber schloss dann zufrieden und mehr oder weniger ohnmächtig die Augen, während die Lady hinterm Tresen mit einem Walkie-Talkie die Security informierte. Es war entschieden zu früh am Tag für solche Niederkunften.

»Sie sind verrückt.«

»Nein, ich bin nicht verrückt.«

»Wie kommen Sie auf diese Idee?«

»Glück und Recherche.«

»Können Sie das beweisen?«

»Ich glaube ja.«

Jonathan schob sehr langsam Odiles Sonnenbrille zurück auf die Nase, die Farben im Raum verschwanden.

»Man kann nicht beweisen, dass man nicht verrückt ist.«

Die Experimente der chinesischen Forscher am heiligen See Kokonor zeigten, dass die Teleportation so weit ausgereift war, dass der Weg in die Anwendung offenstand. Mit dieser Methode ließen sich ihrer Meinung nach geheime Botschaften unbegrenzt weit und vor unerwünschten Mitwissern sicher übermitteln. Sie verschwanden am Ort des Senders und tauchten erst oder vielleicht auch gleichzeitig am Ort des Empfängers wieder auf. Zwischendurch existierten sie nicht.

TEIL III
TIBET

Fünfzehn Jahre zuvor

12

Ö Jigme Rinpoche sucht den Panchen Lama

Wir gehen ins Wasser, der Sand und die Steine erscheinen noch kälter als das Wasser. Wir benetzen unsere Gesichter, lassen uns nichts anmerken vor uns selbst und den anderen, bis die Füße es nicht mehr aushalten.

Dann verlassen wir den See mit langsamen Schritten, obwohl wir lieber laufen möchten. Die Beine werden heiß. Die kalte Sonne scheint. Wir setzen uns und sind glücklich. Es ist ein Anfang.

Der Majestät der Berge und des Sees mit Demut begegnen. Die Leere in unserem Geist mit dem Blick des Berges füllen. Die Fülle des Sees in unseren Geist lassen. Wir beten. Es ist kalt. Chandrel Rinpoche hat das so ausgedrückt und gelacht: Was wundern wir uns, wir frieren, weil wir in diesen schlechten Fahrzeugen sitzen.

Chandrel Rinpoche hat jemanden getötet. Ich esse eine Taube. Das Fleisch ist weich und schmeckt nach Hühnchen. Als ich auf den Teller sehe, wird mir bewusst, dass es sich um den sehr weißen Fuß eines Kindes handelt, von dem ich esse. Wie Feuer ist der Schmerz und das Entsetzen. Wie könnte dieser Traum von guter Vorbedeutung sein? Nima Rinpoche sagt, wenn ich denke, denke ich wie ein altes Weib.

Denken ist nicht notwendig. Um zu verstehen, dass man niemand ist, muss man jemand sein. Um zu verstehen, dass man niemand ist, muss man jemand gewesen sein. Bin ich würdig als der, der ich bin?

Wir werden aus dem See schöpfen, nicht aus uns selbst. Wann werde ich mit Freuden sterben? Wenn meine Aufgabe erfüllt ist. Dazu muss ich meine Aufgabe erkennen. Wir sehen den See, und der See sieht uns. Der See sieht die Berge und zeigt sie uns. Er zeigt sie uns auf seiner Oberfläche. Es sind nicht die Berge, die um den See sind.

Die Kälte hält sich am Tag im Schatten verborgen und greift am Abend und in der Nacht nach uns. Nichts anderes findet bisher den Weg zu uns.

Seit Tagen sitzen wir hier. Und wir sehen nicht den See. Aber der See sieht uns. Er gibt uns keine Zeichen. Das Wasser verrät nichts, auch die Wolken schweigen. Die Sonne vollzieht ihre Bahn. Wir frieren, wir stinken. Wir beten, wir meditieren. Wir werfen uns nichtssagende Blicke zu.

Wir misstrauen uns. Wir wissen nicht, woher das Zeichen kommen wird, nicht, woher wir gekommen sind.

Mit dem Messer habe ich eine Zitrone zerteilt, und die Klinge ist hin. Sie war nicht dafür gemacht, ich wusste das nicht. Man muss wissen, wofür die Dinge gemacht sind, die man handhabt, das Messer, der Geist, das Fahrzeug, dieser unbrauchbare Flaschenöffner.

Der erste Korkenzieher, den ich in der Hand hatte. Ich war mir sicher, er diene dazu, ihn sich oder jemand anderem durchs Ohr in den Kopf zu bohren.

Größe und Länge und martialisches Aussehen bei gleichzeitiger Handlichkeit des Instruments ließen für mich keinen anderen Schluss zu. Ich war mir sicher, das sei eine chinesische Erfindung. Tatsächlich wurde der Korkenzieher vom nächstschlimmsten Volk, den Engländern, erfunden, und er entwickelte sich aus einem gun-worm zum Reinigen von Musketen. So ganz falsch lag meine Intuition also nicht. Döndrup Rinpoche weiß alles.

Ein helles Licht, ein ohrenbetäubender Knall. Wir stürzten aus unseren Zelten. Die, die geschlafen hatten, waren schneller unter freiem Himmel als die mutmaßlich Wachenden in den Vorzelten. Erneut: ein ohrenbetäubender Knall, helles Licht.

Das östliche Ufer war erleuchtet, das Licht fiel vom Himmel und näherte sich der Erde. Norbu Rinpoche konnte einen Schrei nicht unterdrücken und hob die Hände gen Himmel. Wir hatten schon so lange gewartet.

Chandrel Rinpoche hat telephoniert. Die Chinesen sagen: Wir sollen uns nicht stören lassen. Geister und Wesen aus einer anderen Welt werden sich wohl kaum von unseren Granaten beeinflussen lassen, sagen sie.

Die Materialisten missverstehen alles. Es gibt keine voneinander getrennten Welten.

Wir hörten kein Lachen, aber wir stellten sie uns vor. Die Soldaten. Wahrscheinlich beobachteten sie uns durch ihre Feldstecher und nässten sich ein, während sie sich auf die Schenkel schlugen.

Die Chinesen feuern jetzt jede Nacht Granaten ab. Es findet ein Manöver statt, um die Verteidigungsbereitschaft unseres Mutterlandes China zu erhöhen. Das ist ohne Zweifel auch in unserem Interesse.

Vielleicht verhindert ihre Anwesenheit alles. Vielleicht haben wir so gar keine Chance. Sind die Zeiten für diese Art der Suche nach dem Kind nicht vorbei. War man sich nicht sicherer, hatte man nicht weniger Angst, einen Fehler zu machen?

Ein Transporter der glorreichen chinesischen Volksbefreiungsarmee taucht auf. Sie laden Schweinefleisch und Schnapsflaschen ab. Chandrel Rinpoche bedankt sich artig.

Ob sie wissen, dass die Äbtissin sich bei einem Mongolenangriff im achtzehnten Jahrhundert mit ihren Nonnen in Schweine verwandelt hat, um sich zu retten.

Wir wissen es nicht, wir wussten es nicht, der Rinpoche belehrte uns.

Die Verachtung ist auch ohne das groß genug. Ich glaube, sie wissen nichts, aber tun intuitiv das Richtige, um uns zu demütigen, vielleicht ist es eine Prüfung, vielleicht eine Botschaft der Äbtissin.

Nein, die Chinesen kennen sich aus, ein altes, dreckfressendes Volk. Chandrel Rinpoche spricht mit ihnen. Sie wünschen uns alles Gute. Sie hoffen, dass sie uns nicht gestört haben. Wir bedanken uns für die schrecklichen Geschenke.

Sie sagen, proteinreiche Nahrung sei wichtig und auch Zucker in Form von Alkohol, um hier zu überleben. Wir bedanken uns noch mal, wir bedanken uns ständig. Wir lassen uns nicht provozieren, wir machen keine Fehler. Sie möchten uns nur zeigen, wie sehr sie uns verachten. Das wissen wir auch so.

Wir stören die Ruhe durch unser aufgescheuchtes Geschwätz, wenn wir uns gegenseitig unserer eigenen Unfähigkeit und Unwürdigkeit versichern. Oder uns sagen, dass wir das nicht tun sollten, weil es eitel ist.

Trotzdem sind wir es, die mit der Suche beauftragt sind und Erfolg haben müssen. Welch Hochmut, sich geehrt zu fühlen. Welch Hochmut, hier zu sitzen und an allem zu zweifeln.

Chandrel Rinpoche hat einen Delphin springen sehen, in westlicher Richtung. Das bedeutet gar nichts. Er hat zu viel Tee getrunken. Oder gar den Schnaps der Chinesen. Die Chinesen sitzen uns im Nacken und verscheuchen die Zeichen, die Geister grollen und schweigen. Wir lächeln uns zu und versichern uns gegenseitig, an ein gutes Ende zu glauben. Ich glaube nicht an ein gutes Ende.

Ich sehe nichts und ich spüre, dass niemand etwas sehen wird. Vielleicht wird der Panchen Lama niemals wiedergeboren, vielleicht bin ich unwürdig, weil ich diese Gedanken hege, vielleicht sollte ich aus der Suche ausscheiden.

Chandrel Rinpoche rügt mein ungestümes, brennendes Herz, wenn es das wäre. Er ist sich sicher, dass wir etwas sehen werden. Er sagt: Es muss nicht viel sein. Er sagt: Es darf nichts sein, und wir werden es trotzdem erkennen.

Sechzehn Nächte und Tage sind wir hier. Im zweiten Traum sah ich das Haus meiner Eltern; das kann nichts bedeuten. Meine Zehen sind entzündet. Gleich brechen wir auf, um wieder am Ufer entlangzugehen. Es ist nichts geblieben von der Euphorie des ersten Anblicks. Wir müssen Geduld haben. Möchten doch die Sterne auf uns einstürzen, wie es den Anschein hat.

Ich habe keine Demut, ich spüre keine Demut, wie soll ich ein Zeichen entdecken. Die Nächte sind klar, kalt und sinnlos.

Wir geben nicht auf. Aber vielleicht ist das gerade notwendig, aufgeben. Wer sich zuwendet, wendet sich ab.

Chandrel Rinpoche sieht die Granaten nicht, und er hört sie auch nicht. Er sagt, ich bilde mir das nur ein. Ich hätte einen falschen Standpunkt. Vielleicht bin ich verrückt. Vielleicht gehöre ich nicht dazu. Ich werde um meine Entbindung von der Aufgabe bitten. Morgen. Wenn bis morgen nichts geschieht. Wer bin ich, Ultimaten zu stellen?

Chandrel Rinpoche lacht, vielleicht lacht er mich aus. Er sagt, ich solle einfach in den Himmel schauen und auf den See, jeden Tag. Er hat wieder den Delphin gesehen. Und ein Brett, das auf dem See schwimmt.

Er sagt, ich solle einfach in den Himmel schauen und auf den See. Er sagt auch: Es gibt gar keine Chinesen.

Wir müssen nur sehen, was da ist, sagt er. Ich sehe nichts. Das heißt aber nicht, dass nichts da ist, das heißt nur, dass ich nichts sehe. Wir sind schon so lange hier. An Zeit glauben Menschen, die Blendgranaten abfeuern.

Die Zeichen haben den Weg gewiesen in ein Dorf. Wir wissen nun, wohin wir müssen, Chandrel Rinpoche weiß es, und mit seiner großen Brille auf der Nase steuert er uns dem Ziel entgegen. Es sind aufregende Stunden, und unsere Herzen schlagen hoch. Aber wir lassen uns nichts anmerken.

In kurzer Zeit werden wir klüger sein – oder mehr wissen – oder auch nicht. Mehr wissen, klüger sein, das sind alles Schlaglöcher.

Chandrel Rinpoche will die wirklichen Schlaglöcher umfahren, zumindest versucht er es (auch ihre Existenz zeichnet sich ja durch Abwesenheit aus, durch die Abwesenheit von vernünftigem Straßenbelag). Er fährt gerne Auto. Aber um ehrlich zu sein, er beherrscht diese Kunst nicht besonders gut. Wir denken: Diesmal hat er alles richtig gemacht, konzentriert und zeitlupenhaft, aber dann gibt es doch einen Schlag, weil, entgegen aller Achtsamkeit und Wahrscheinlichkeit, ein Hinterrad das Schlagloch gefunden hat.

Chandrel Rinpoche rechtfertigt sich. Er sagt, das Lenkrad habe nicht die richtige Neigung, so könne er nicht gut navigieren. An irgendetwas muss es ja schließlich liegen. Wenn er nicht Auto fährt, ist er eine Koryphäe in buddhistischer Logik. *Navigare humanum est*. Er kann lateinische Schriften im Original lesen. Keine einzige religiöse Schrift der Menschheit wurde meines Wissens auf Latein verfasst. Überhaupt denke ich, wir sollten uns nicht zu sehr mit Europa, dem dunklen Kontinent, beschäftigen. Es wird davon gesprochen, dass gerade der tibetische Buddhismus dort auf fruchtbaren Boden fällt, gerade auf den Gipfeln Europas, in der Schweiz, genießt der Dalai Lama großes Ansehen, sagt man. Dort, wo man Chancen hat, die große Flut zu überleben.

Sinn und Wirklichkeit erlangen wir nur, weil wir urtümliche Handlungen wiederholen. Das Wissen war vor uns größer, und wenn wir uns würdig erweisen, gelangen wir wieder dorthin. Gebet, Meditation. Wir suchen das Kind. Das Kind sucht uns. Was wir tun, ist schon getan worden. Väter Söhne Geister.

Eine dreifarbige Ziege versperrt uns den Weg, sie meckert uns an. Unser Wagen stört sie, weil er keine Beine hat.

Chandrel Rinpoche hält das für ein gutes Zeichen.

Chandrel Rinpoche hält gerade alles für ein gutes Zeichen.

Jedes Schlagloch bringt uns dem Ziel näher.

Chandrel Rinpoche lässt die Scheibe hinunter, ohne dass wir fragen, weist man uns den Weg. Die Straße hinunter, viele Straßen gibt es nicht. Schließlich erreichen wir Nagchu.

Die Eltern begrüßen uns ehrerbietig. Wir haben uns nicht angekündigt. Aber natürlich haben sie uns erwartet.

Der Junge begrüßt uns unbefangen und gut gelaunt. Ein schönes, ausgeglichenes Kind.

Weiß er, worum es geht? Nein und ja. Er zeigt uns seine Spielsachen, besonders angetan haben es ihm ein Krankenwagen, eine Art Kastenwagen von Mercedes, und ein kleiner Fußball.

Behutsam schlägt er auf eine kleine Trommel.

Wir unterhalten uns mit den Eltern. Wir trinken Tee. Jumpa Rinpoche spielt vor dem Haus mit dem Jungen Fußball.

Wir sprechen über das Wetter, tibetische, chinesische und westliche Medizin. Über Fahrzeuge und das Rad. Angeblich wurden Räder in Tibet nie zur Fortbewegung im herkömmlichen Sinne benutzt, nur zu geistiger Fortbewegung. Es wird viel gelacht.

Der Vater ist Arzt. Er hat schon viel gesehen, zu viel vielleicht. *Siehst du die Leiche, siehst du die Welt.* (Thomasevangelium)

Es ist alles folgerichtig. In der Logik ist Folgerichtigkeit ein gutes Zeichen, wenn nicht das alles entscheidende.

Zielsicher erkennt der Junge eine Mütze des 10. Panchen Lama und stülpt sie sich lachend über den Kopf. Meine Begleiter sind entzückt. In ihren Gesichtern lese ich, dass sich eine Entscheidung anbahnt. Aus den Gebetsketten sucht er traumwandlerisch die richtige aus.

Die Eltern können ihre Genugtuung kaum verbergen. Wie Kinder klatschen sie in die Hände. Kann man sich über solche Dinge freuen? Ehrfurcht vor dem Wunder oder dem Wunderbaren, das wir bezeugen sollen. Was hat Stolz da zu suchen? Was ist Freude in diesem Zusammenhang? Sie haben schon ein Kind im Kloster.

Wir besteigen unseren Jeep, da jagt ein Düsenjet über das Dorf.

Seit Jahren hat man hier kein Kampfflugzeug gesehen.

Schon gar nicht in solcher Tiefe fliegend. Transportmaschinen hoch am Himmel, das ja.

Nachdem das Erschrecken vorbei ist, deuten wir auch das als gutes Zeichen. Die Chinesen wittern den neuen Panchen Lama. Ihre Düsenflugzeuge durchschlagen die Schallmauer, lassen die Luft erzittern. Als wollten uns die Chinesen mit ihren Flugzeugen daran erinnern, dass hier seit vierzig Jahren nichts mehr ist, wie es war, und dass nichts ohne sie geschehen wird.

Der Junge möchte uns ins Kloster begleiten. Ein Kind von fünf Jahren ist kein Schauspieler. In diesem Kind wohnt vielleicht die Seele des Panchen Lama. Vielleicht ist es auch einfach nur ein außergewöhnliches Kind, inspiriert, schön und ernst und leicht. Wir suchen Wirkungen, nicht Gewissheit. Die letzte Entscheidung wird der Dalai Lama treffen. Der Dalai Lama sagt, das geschichtliche Ereignis ist unserer Existenzweise nicht eigentümlich.

Wir sind zurück im Kloster. Der Junge ist bei seinen Eltern. Wir planen die nächsten Schritte.

Das Verhältnis zu den Chinesen hat sich, wie Chandrel Rinpoche sagt, verschlechtert. Sie wollen mit entscheiden. Obwohl sie der Findungskommission freie Hand zugesichert hatten.

Jetzt soll es mehrere Kandidaten geben, die goldene Urne soll zum Einsatz kommen und mit ihr die Wahl des Jungen bestimmt werden.

Der Dalai Lama ist vermutlich über einen Boten informiert worden, hat Bilder der in Frage kommenden Kinder und kann so seine Wahl treffen. Über diese Vorgänge wird nicht gesprochen.

Wir können nur hoffen, dass die Chinesen sich davon nicht provoziert fühlen. Wie können wir Nachfahren von Bergaffen und Dämonen auch nur glauben, klüger als die Chinesen zu sein. Die Chinesen, das sind die Menschen an sich. Man kann sie nicht betrügen, nur bekehren. Man kann sie nur betrügen, indem man sie bekehrt. Das einzige Mittel der Bekehrung, schreibt Ignatius von Loyola, ist das Feuer.

Chandrel Rinpoche glaubt trotzdem, die Fäden in der Hand zu halten. Alle anderen scheinen frohen Mutes zu sein, aber ich glaube, wir steuern auf eine Katastrophe zu.

Als ich Chandrel Rinpoche meine Zweifel andeute, erwidert er: »Es ist gut, dass jemand einen kühlen Kopf behält. Es wäre ein schlechtes Zeichen, wenn wir alle in Flammen stünden.«

Er fragt mich, ob ich die Geschichte vom ungläubigen Thomas kenne. Die kenne ich. Selig sind, die nicht sehen und doch glauben. Chandrel Rinpoche sagt, ich solle jemand sein, der nicht glaubt, aber doch sieht. Ich habe nachgelesen: Thomas sagt auch: »Dann lasst uns mit ihm gehen und mit ihm sterben.« So furchterregend und abstoßend das Christentum in seiner Erscheinungsform auch auf mich wirkt, das Neue Testament ist doch eine große Schrift – und sie ist kurz. Mit Leichtigkeit könnte man sie auswendig lernen. Aber die Christen tun das nicht. Unsere Schriften dagegen sind unermesslich.

Der heilige Thomas stirbt in Indien, in Mailapur. Was hat er dort gesucht? Ich träume oft von Indien. Aber ich weiß, dass ich nie die Stätten sehen werde, an denen Buddha gewirkt hat. Ich werde nicht das Grabmal des heiligen Thomas besuchen, ich werde nicht mit eigenen Augen den Dalai Lama sehen. Und ich werde auch nicht den Panchen Lama sehen. Mit dieser schrecklichen Gewissheit bin ich heute Morgen erwacht.

13

Gespräch des Dalai Lama mit seinem ersten Sekretär
Dharamsala, Indien, 13. Mai 1995

»Die Trommler von Tham sind erschienen, wollt Ihr sie hören?«

»Nein.«

»Ihr wollt Sie nicht hören? Was soll ich ihnen sagen?«

»Es ist möglich, jetzt aber nicht. – Wir müssen den Chinesen zuvorkommen und den Namen des Jungen bekanntgeben.«

»Auch das birgt große Gefahr.«

»Ich glaube, sie werden uns folgen, um nicht das Gesicht zu verlieren. Wir bestätigen dann die Wahl, die auf chinesischem Boden stattgefunden hat. Und: Wir lassen ihnen das Kind. Wir lassen es in Tibet aufwachsen in der Hoffnung, dass der Geist sich durchsetzen wird.«

»Aber sie werden die Wahl ablehnen und auf dem Einsatz der goldenen Urne bestehen.«

»Das werden sie nicht, wenn wir ihnen zuvorkommen. Und danach können sie das gar nicht mehr.«

»Es gibt Signale aus China, dass genau das auf jeden Fall passieren wird. Es gibt auch Widerstand gegen Chandrel Rinpoche in der Berufungskommission.«

»Es gibt immer so viele Signale aus China.«

»Ich kann nur vor einem übereilten Schritt warnen.«

»Wir haben das Kind gefunden, es muss nun seinen Platz einnehmen können. Und wenn die Chinesen nicht dumm sind, werden sie einsehen, dass das das Beste ist für China und für Tibet.«

»Ihr vertraut zu sehr auf die Vernunft.«

»In der Nachfolge Buddhas müssen wir das.«

»Ich meine, auf die Vernunft der Chinesen.«

»Auch die Antwort des Staatsorakels war eindeutig: Morgen ist der Tag. Wir sollen den Jungen als Panchen Lama proklamieren, bevor die Chinesen eine zweifelhafte Prozedur in Gang setzen, gegen die wir uns von hier aus nicht wehren können. Der Junge befindet sich in der Volksrepublik China, und seine Familie hat keinen Kontakt mit uns gehabt, also haben sie keinen Grund, ihn abzulehnen.«

»Sie werden sich provoziert fühlen und selbstherrlich reagieren, einfach weil sie die Macht dazu haben.«

»Aber es ist doch keine Provokation, wenn wir einen Jungen auf dem Boden Chinas als den richtigen Nachfolger anerkennen. Schließlich haben die Chinesen der Suche nach dem Panchen Lama zugestimmt.«

»Ich glaube, Ihr verschweigt mir etwas.«

»Du hast deinen Dienst als Advokat der Dämonen des Zögerns vollbracht.«

»Ihr könnt mir etwas verschweigen, aber Ihr könnt mir nicht verschweigen, dass Ihr mir etwas verschweigt.«

»Jetzt lass deinen Geist wieder hell werden. Wir müssen es wagen. Und was sollen sie schon machen?«

»Was ist nun mit den Trommlern von Tham?«

»Schickt sie weg.«

14

*Pressemitteilung des Informationsministeriums
der tibetischen Exilregierung*
Dharamsala, Indien, 14. Mai 1995

»Heute ist der Glück verheißende Tag, an dem Buddha zum ersten Mal die Kalachakra lehrte. Die Kalachakra-Lehren haben eine besondere Beziehung zum Panchen Lama. An diesem glücklichen Tag kann ich mit großer Freude die Reinkarnation des Panchen Lama proklamieren. Ich habe Gendün Chökyi Nyima, geboren am 25. April 1989, Sohn von Könchok Phüntsog und Dechen Chödön, aus dem Lhari-Bezirk in Nagchu in Tibet als wahre Reinkarnation des Panchen Lama anerkannt.«

Seine Heiligkeit Tenzin Gyatso, der 14. Dalai Lama

15

*Aussage von X. P., ehemaliger Mitarbeiter
des Ministeriums für Staatssicherheit*

> *Der 11. Panchen Lama wird jeder Provinz
> und jedem Land, in dem er aufwächst,
> großes Unglück bereiten, es sei denn, es handelt sich
> um Shangri-La, wo seine Seele schon gewohnt hat.*
> Weissagung des tibetischen Staatsorakels,
> Lhasa 1939

»Man hat tatsächlich nicht mit uns gerechnet und ist aus allen Wolken gefallen. Aber wir hatten schon zu viele Tränen gesehen, um uns davon beeindrucken zu lassen. Für uns war das keine große Sache. Schließlich sollte niemand eliminiert werden. Wir sind von Nagchu nach Golmud gefahren. Der Junge wurde getrennt von den Eltern transportiert. Es war ein hübscher tibetischer Knabe, ein heiliges Kind.«

»Natürlich weiß man immer etwas mehr, als man wissen sollte, sonst wäre man ja auch ganz falsch in seinem Beruf. Die Eltern, Könchok Phüntsog und seine Frau Dechen Chödön, wurden wegen staatsfeindlicher Umtriebe und Zusammenarbeit mit der Clique des Dalai Lama von einem geheimen Militärgericht zu jeweils 13 Jahren Arbeitslager verurteilt und unmittelbar in das Lager 20/8 in der Provinz Sichuan überstellt. Dechen Chödön starb nach zwei Jahren an Tuberkulose oder jedenfalls an einem Lungenleiden, der Vater wurde im selben Jahr im Streit von einem Mithäftling mit einem Stock erschlagen. Was mit dem Kind passiert ist, weiß ich nicht. Nun, ich denke, es wird nicht viel von seiner Heiligkeit gehabt haben.«

TEIL IV
USA

16

Als Erstes hatte Jonathan sein Gesicht immer wieder mit dem Bild des verschwundenen Kindes Gendün Chökyi Nyima verglichen. Und er hatte sich wiedererkannt. Er war sich sicher.

Das einzig existierende Photo von Gendün Chökyi Nyima zeigt einen sympathischen, schönen Jungen von ungefähr fünf Jahren, der den Betrachter ernsthaft mit leicht geöffnetem Mund anzuschauen scheint. Man sieht zwei kindliche Schneidezähne, und auf den ersten Blick glaubt man, der Junge lächle. Bei längerer Betrachtung ist man sich nicht mehr sicher. Man vergisst dieses Bild nicht, obwohl es so unscharf ist und wenig Kontur hat.

Wir werden gegen einen Baum fahren.
Hier gibt es keine Bäume.
Wohin fahren wir denn?
Das wirst du schon sehen.
Wir werden gegen einen Baum fahren.
Schlaf ein bisschen, Kleiner.
Warum darf ich nicht bei meinen Eltern sein?
Die sind im Wagen hinter uns.
Hinter uns ist kein Wagen.

Die Experten, die Christian Bang gebeten hatte, die Identität des Jungen zu überprüfen, waren sich aufgrund der Biometrie zu 99 Prozent sicher. Natürlich wusste Jonathan, dass man gerne das sah, was man sehen wollte.

Als Nächstes hatte Jonathan sich Photos von dem jungen Mann angeschaut, der auf seinem Platz saß, der an seiner Stelle zum Panchen Lama ernannt worden war. Angeblich in einem Losverfahren bestimmt, mit Hilfe einer goldenen Urne: Gyaltsen Norbu, der Panchen *Zuma*, der falsche Lama, wie er von den Tibetern auch genannt wurde, die Handpuppe der Chinesen.

Jonathan fiel es spontan nicht leicht zu glauben, dass er selbst ein Auserwählter sein sollte, die neue Verkörperung eines weisen Mannes, eines mutigen Mannes, der sogar Mao die Stirn geboten hatte. Dass es sich bei Gyaltsen Norbu um den echten Panchen Lama handeln könnte, erschien ihm auf den ersten Blick allerdings noch unwahrscheinlicher. Die Chinesen hatten bei ihrem Betrug offensichtlich kein glückliches Händchen bewiesen.

Die Photos von Gyaltsen Norbu zeigten Jonathan einen unattraktiven jungen Mann mit bereits schütterem Haar. Wenn er überhaupt mit etwas gesegnet schien, dann mit einem völligen Mangel an Ausstrahlung. Für Jonathan sah er aus wie ein Buchhalter. Er fühlte sich von der Physiognomie instinktiv abgestoßen. Er wusste auch, dass es sich bei den Eltern von Gyaltsen um Kader der Kommunistischen Partei handelte, was das Ganze nicht besser machte. Jonathan bildete sich ein, diese Tatsache spiegele sich in den Gesichtszügen Gyaltsens und jeder, der ihn auch nur anblickte, müsse das sofort erkennen.

Jonathan fragte sich, ob er die letzten Jahre über nicht irgendwas hätte spüren müssen, eine wie auch immer geartete Gewissheit, Anzeichen seiner Berufung? Aber wie hätten diese aussehen sollen? Vielleicht hatte er es auch einst gespürt und nur die Erinnerung daran verloren.

Als er jetzt im Salon ihres im Westernstil eingerichteten Hauses vor seiner Großmutter Elisabeth saß, tauchten Sätze auf, Sätze, die Christian Bang ihm gesagt hatte, ein wenig ironisch aus Selbstschutz, aber eigentlich beseelt und mit leuchtenden Augen: Werde, der du bist. Und Sätze, die er sich selbst gesagt hatte: Ich brauche jetzt keine Psychologen mehr und keine Philosophie, ich habe jetzt alle Erklärungen.

Ich habe Angst.
Du brauchst keine Angst zu haben.
Doch, ihr werdet sterben, und ich werde mir sehr weh tun.
Schau dir dieses Bilderbuch an.
Wer ist dieser rote Dämon?
Der Dämon ist schwarz. Es ist ein Amerikaner.
Was für ein Amerikaner?
Ein Dämon.
Jetzt heult er.
Überhol doch mal.

Elisabeth, 78 Jahre alt und meist mit einem leisen Lächeln auf den Lippen, das auf eine gewisse Reinheit und Distanz zur Welt schließen ließ, brühte grünen Tee auf. Bis in die späten Achtziger war sie als erfolgreiche Autoverkäuferin aktiv, eine der wenigen Frauen auf diesem Gebiet, während ihr mittlerweile an Lungenkrebs verstorbener Mann Mechaniker gewesen war und als Hufschmied auf Reiterhöfen in halb Kalifornien gearbeitet hatte.

Jonathans Neuigkeiten hatten sie in Verwirrung gestürzt. Sie litt zu ihrer großen Überraschung ab diesem Zeitpunkt an einer Art bipolaren Störung, war himmelhoch jauchzend, zu Tode betrübt und wusste gar nicht mehr, wo sie sich in Haus oder Garten niederlassen sollte, um ihre extrem dünnen selbstgedrehten Zigaretten zu rauchen.

Sie hatte alle Photos, Spielzeuge und Erinnerungsstücke wie die wenigen Postkarten, die Jonathan ihr geschrieben hatte (aus Kanada, New York – von der United Nations Plaza, aus den Everglades), zusammengesucht und war in Versuchung gewesen, auf dem Kaminsims eine Art Altar zu errichten, nahm aber doch in einem lichten Moment, über sich selbst den Kopf schüttelnd, davon Abstand.

Jonathan vergegenwärtigte sich die Kindheit in diesem Haus; in seiner Erinnerung war alles irgendwie rund, weich und orangefarben, es roch nach einer bestimmten Wandfarbe seines ersten Kinderzimmers hier und fühlte sich wie die Tapete aus Naturkork an, die es immer noch gab.

Davor musste sein Leben in Tibet und China stattgefunden haben, aber er hatte keinen Zutritt dazu, er erinnerte sich an nichts. Er hatte Narben an den Händen. Nach Aussage des Waisenhauses war er als kleines Kind bei einem Autounfall verletzt worden. Aber auch schlimmere Dinge als ein Autounfall konnten einem Kind die Erinnerungen rauben.

Chökyi Nyima – er hatte sich noch nicht mit dem Namen anfreunden können, fremd starrte er ihm entgegen, wenn er ihn mit seiner ungelenken Handschrift aufs Papier brachte. Seinen tibetischen Waisenhausnamen Jumpa hatte er, auch weil man ihn deswegen hänselte, schon mit acht nicht mehr haben wollen, als hätte er geahnt, dass mit diesem Namen etwas nicht stimmte, dass es nicht der Name war, den seine leiblichen Eltern ihm zugedacht hatten.

»Ich habe immer gesagt, dass du etwas Besonderes bist«, sagte Elisabeth. Es kam Jonathan vor, als wären plötzlich irgendwo Marsmenschen gelandet und nur er wüsste von diesen Kreaturen, aber langsam sickerte die Nachricht durch, CNN hatte noch nicht berichtet, aber Reporter aus allen Teilen der Welt waren unterwegs. Es braute sich etwas zusammen, und Jonathan fühlte sich, als stünde er im Auge des Orkans, er war das geheime Zentrum, die Nabe, um die herum sich alles bewegte.

»Das hast du nicht. Du hast im Gegenteil immer gesagt, dass ich ein ganz normaler Junge bin.«

Elisabeth dachte einen Moment nach; vielleicht war ihr das notwendig erschienen, weil er so etwas Besonderes war und weil er ihr in seiner Außergewöhnlichkeit so verletzlich schien wie ein seltener exotischer Vogel, den es an diese Küste mit kaltem Wasser verschlagen hatte … das waren die Bilder, die ihr in den Sinn kamen. Sie war ergriffen von ihrer Ergriffenheit.

»Wirklich, daran erinnere ich mich nicht.«

Sie lächelte ihr entwaffnendstes Lächeln. Auch Jonathan lächelte, er konnte gar nicht anders. Sie war immer noch der Mensch, der ihm am nächsten stand, und er hatte tatsächlich das völlig absurde Gefühl, sie zu betrügen, wenn er Zeit mit Odile verbrachte.

»Hast du eine Idee, was ich jetzt machen soll?«

»Musst du denn überhaupt etwas machen?«

»Ich dachte, du hättest schon einen Schlachtplan für mich?«

Elisabeth schüttelte den Kopf, tatsächlich hatte sie sich viele Gedanken gemacht, hatte im Geiste mit der Außenministerin konferiert, man hatte sich auf Anhieb verstanden; in Elisabeths Wahrnehmung waren beide auch im gleichen Alter, obwohl sie gut zwanzig Jahre älter war als Hillary Clinton.

»Was schlagen sie dir denn vor?«

»Wer?«

»Na, die Buddhisten. Oder das Außenministerium.«

»Das Außenministerium schlägt mir nichts vor. Die Buddhisten sagen, ich soll studieren.«

Elisabeth führte ihre Teeschale zum Mund, trank einen Schluck.

»Dann mach nichts – und studiere. Das ist, glaube ich, sowieso die Quintessenz des Buddhismus.«

Der Fahrer des Transporters hatte eine Gebetskette zwischen den Fingern, er bemerkte nur einen leichten Schlag, irgendwie war die Ladung verrutscht, so etwas kam bei einer Vollbremsung vor; er dankte allen Mächten, dass sein Wagen die Gazelle verfehlt hatte.

Der Transporter, der plötzlich aus unerfindlichen Gründen bremste, war mit Baumstämmen beladen, die für die Renovierung eines Tempels bestimmt waren. Dem Fahrer und dem Beifahrer des Wagens der chinesischen Spezialkräfte, die fast ungebremst in die Ladung rasten, wurde der Kopf abgerissen. Der

Junge, der mit ihnen im Wagen saß, erlitt schwere innere Verletzungen, Knochenbrüche an Händen und Beinen und ein Hirntrauma mit Schädelbasisbruch.

17

Jonathan nahm zwei Stufen auf einmal, irgendwann hatte er sich angewöhnt, Treppen laufend zu bewältigen, als seien das grundsätzlich Gefahrenzonen. Als Kind war er fast nur auf Zehenspitzen gegangen. Seine Eltern sahen ihn schon als Balletttänzer. Aber das Zehengehen hatte er sich noch vor der Pubertät wieder abgewöhnt oder es von einem auf den anderen Tag ohne besonderen Grund aufgegeben.

Er klingelte an der Klingel ohne Namensschild. Odile öffnete in einem schwarzen Madonna-T-Shirt (Madonna als Queen mit Krone und schwarzer Augenklappe) und einer grauen Frotteetrainingshose die Tür zu ihrem Liebesnest. Unter Nestbau hatte Jonathan sich früher etwas anderes vorgestellt, etwas Beängstigendes mit Krippen und Wiegen und getrockneten Blumen. Das hier war entschieden besser, eine große Matratze auf Bambusmatten, eine Küchenzeile mit Kühlschrank, ein winziges Fenster, Mauern aus Backstein (gut gegen Hitze und Lärm). Eine Frau, ein Kopf, ein böser Geist; Odile, an die er sich geklammert hatte, nein, nicht wie ein Ertrinkender, eher wie ein Koalabär, so hatte Odile das einmal ausgedrückt. Das erschien ihm nun nicht mehr länger notwendig, als hätte man ihm eine Aufgabe gegeben, die ihn von dieser Notwendigkeit abrupt entband.

Obwohl er sich vorher nichts Wichtigeres und Ernsteres hatte vorstellen können als seine, was den Status anging, seit

Monaten ungeklärte Beziehung zu Odile, hatte er jetzt das Gefühl, dass es Wichtigeres gab und Ernsteres, um es pathetisch auszudrücken: dass sein Leben nun einen Sinn hatte. Der Wunsch, Tibet zu sehen, war inzwischen so präsent wie nie zuvor in seinem Leben. Die letzten Nächte hatte Jonathan vor Ehrgeiz und Neugier kaum schlafen können, erfüllt von einer Art messianischem Glühen. Wilde Phantasien waren im Halbschlaf durch sein Bewusstsein gerauscht, Phantasien, in denen er die Welt von Leid und Unterdrückung befreite, nicht nur Tibet, nein, die ganze Welt. Sogar auf Nordkorea hatte sich Jonathans somnambuler Missionsgeist erstreckt. Er verwandelte die Armeeführung des Landes in dickliche kleine Nager, die, ob ihrer neuen Gestalt verwirrt, hektisch durcheinanderliefen, dann hetzte er eine Horde Wölfe auf sie, die die ungeschickten Tierchen zerfleischten; blutrot färbte sich der Boden des Palastes. Bei alldem saß ein Dämon auf Jonathans Schulter, der seine Greifvogelkrallen nach und nach durch seinen Rücken und seine Brust bohrte, Angstlust, Schmerzlust, Allmachtsphantasien.

Odile spürte die Abnabelung und wusste noch nicht, was sie davon halten sollte. Einerseits hatte sie Jonathans Anhänglichkeit irgendwie beunruhigt, andererseits passte ihr die neue Entwicklung auch nicht, sie wollte nicht nur angebetet, sondern auch gebraucht werden. Sie hatte das dumme Gefühl, dass sie aus der ganzen Geschichte nicht richtig schlau wurde, für eine Analytikerin ein unbehaglicher Zustand.

Der gleichermaßen rituelle wie unverändert ungestüme Begrüßungssex fiel diesmal aus.

»Warum hätten dich die Chinesen so aus den Augen verlieren sollen? Warum hätten sie dich zur Adoption in die USA freigeben sollen? Das ist doch völlig unvorstellbar.«

Jonathan schüttelte den Kopf, wenn man mit Logik oder mit gesundem Menschenverstand an die ganze Sache heranging, kam man nicht weit.

»Ich weiß es nicht.«

»Was weißt du nicht?«

»Ich weiß nicht, ob das unvorstellbar ist.«

Odile zog eine Augenbraue hoch.

»Wir haben Kontakt mit der tibetischen Exilgemeinde hier, dem Sitz des Dalai Lama in Indien, verschiedenen Regierungsstellen.«

»Du hast Kontakt mit diesen ganzen Leuten?«

»Ja. Christian, ich auch, wir. Alle verhalten sich abwartend. Aber niemand äußert Zweifel. Es wirkt ein bisschen so, als hätten alle schon vorher irgendwie Bescheid gewusst. Jetzt wollen sie wissen, mit wem sie es zu tun haben. Sie haben es mit mir zu tun, verrückt, oder?«

»Das heißt, dass du vielleicht noch leibliche Eltern hast.«

Bisher war Jonathan davon ausgegangen, dass die Portalfiguren seines Lebens sich aus dem Staub gemacht hatten, einfach keinen Nachwuchs haben wollten oder in so großer Not gewesen waren, dass sie sich genötigt sahen, ihr Kind im Stich zu lassen. Väter wussten oft nichts von ihren Kindern oder wollten noch öfter nichts von ihnen wissen, stritten gar den Zusammenhang zwischen Beischlaf und Schwangerschaft ab. Mütter gaben ihre Kinder weg oder starben bei der Geburt.

Ziellose Wut, die aus seiner Magengrube zum Herzen aufstieg; dann Traurigkeit, ein schwarzes Loch, das alle Kraft und Gedanken verschluckte, vollkommene Entmutigung.

»Nach allem, was Christian herausgefunden hat, sind sie vermutlich tot. Aber genau können das wohl nur die Chinesen beantworten. Sie sollen im Lager gestorben sein. Meine Mutter angeblich an einer Lungenentzündung, mein Vater wurde von einem Mithäftling erschlagen.«

Sein Vater duckt sich und hält die Arme schützend über den Kopf, aber es nützt nichts. Ein Schlag trifft sein Handgelenk und bricht es, und er lässt seine Arme einen Moment sinken, greift nach dem verletzten Arm und ist ungeschützt. Der nächste Schlag trifft ihn im Genick und streckt ihn zu Boden. Er liegt auf dem Bauch und schreit noch. Der Kapo fasst den Besenstiel nun wie ein Langschwert und drischt mit dem Stock immer wieder auf seinen Schädel ein. Diese Visionen verschwieg er Odile.

Er fühlte sich durch die Geschehnisse der letzten Wochen wie von ihr weggerückt, war ganz mit sich selbst beschäftigt, wo er sie vorher bei allem mitgedacht hatte: Was würde Odile jetzt denken? Was würde Odile jetzt an meiner Stelle antworten, wie würde Odile das betrachten, was würde Odile empfinden? Das hatte ihm Sicherheit gegeben, das war nun verschwunden. Er sah sie an, eine fremde schöne Frau, sogar diese Schönheit schien ihm jetzt fremd.

»Ich gehe eine Weile weg aus L. A.«, sagte er.

»Ist das auch eine Idee von diesem Christian?«

»Ich werde eine Ausbildung beginnen.«

»Du wirst doch nicht etwa Mönch?«

Odile schüttelte amüsiert den Kopf, ihre schönen schwarzen Haare flogen hin und her, Jonathan prägte sich den Anblick ein.

»Ich werde mich mit buddhistischen Lehrern treffen. Hier und in New York. Wahrscheinlich werde ich für ein paar Monate abtauchen.«

Vielleicht gab es endlich Dinge zu tun, die folgerichtig waren – vielleicht gab es endlich Dinge, die er tun musste. Es fühlte sich jedenfalls so an. Es gab Menschen, die ihm schrieben, dass sie große Hoffnungen mit ihm verbanden, dass sie für ihn beteten, dass seine Existenz sie glücklich mache, sie mit grenzenloser Freude erfülle. Odile hatte sicher noch nie für ihn gebetet.

Sie verschränkte die Arme. Auch Mönche brauchten körperliche Zuneigung, hatten Bedürfnisse. Das würde auch Jonathan bald bemerken. Nur hätte sie wenig von dieser zweiten Erleuchtung, wenn er irgendwo in einem nach Räucherstäbchen stinkenden Kloster oder Tempel saß.

Aus den Augenwinkeln sah Jonathan die ewige Sonne hinter einem orangefarbenen Schleier aus Smog. So stellte er sich Neu-Delhi vor, von dort würde die Reise weiter nach Dharamsala gehen … zwei Autos hupten, dann viele, dann ging eine Alarmanlage los, und Hunde schlugen an.

Er sah sich auf den Titelseiten, beschrieben als einen Politiker neuen Typs, einen Heilsbringer, der Tibet endlich die Freiheit bringen würde, die Schere zwischen Arm und Reich auf der Welt schließen und den amerikanischen Traum auf ganz neue Füße stellen konnte, Jonathan Gendün Chökyi Nyima Daguerre, der Gott aller Dinge.

Odile umfasste seinen Kopf mit beiden Händen. Was ging nur vor in diesem Jungen, der anscheinend auf dem Weg war, sich für einen wiedergeborenen Buddha zu halten. »Mach dich nicht lächerlich, Jonathan.«

Es war Zeit, sich zu lieben, vielleicht zum letzten Mal, dachte Jonathan. Er glaubte zärtlich zu lächeln, aber er lächelte nicht. Odile fand seinen Blick leer und fremd. In vielen Sprachen wird für Zeit und Wetter das gleiche Wort benutzt, auch das war seltsam und einleuchtend zugleich.

18

Die konkrete Realität ist unser gemeinsamer Traum,
den wir unserem Karma entsprechend erleben.
Es herrscht also strikte Kausalität.
Ralph Bohn

Jonathan träumte. Er saß mit tibetischen Mönchen auf einer Kokosmatte im Freien unter einem hohen blauen Himmel. Er wusste, dass es sich um seinen Heimatort Nagchu handelte. Umgeben von Eichhörnchen, die allem Anschein nach an seiner Heiligkeit teilhaben wollten. Über ihm kalifornische Möwen mit dem unwirklichen Weiß ihrer Brüste, die, von der untergehenden Sonne angestrahlt, immer wieder im zeitlupenhaften Flug aufleuchteten, so dass Jonathan schwindlig wurde und er in den Himmel zu stürzen drohte, wenn ihn die Reflexion traf. Dabei hörte er das Rauschen von Wasser, den Bach hinter dem Haus.

Die Mönche waren gekommen, um ihn in Augenschein zu nehmen. Sie legten ihm Gegenstände vor, die dem verstorbenen Panchen Lama gehört hatten, und andere Gegenstände, die ihm nicht gehört hatten. Es handelte sich um eher ungewöhnliche Dinge, einen mit einer Feder geschmückten kleinen schwarzen Zylinder, zwei Cowboyhüte aus Leder, drei ungewöhnlich große Mundharmonikas.

Mit Leichtigkeit griff Jonathan nach dem Zylinder und setzte ihn sich auf. Ja, das war seiner. Gut, er hatte alles richtig gemacht, hatte seine Aufgabe erfüllt. Jonathan drehte sich um, wie um Beifall für seine kluge Wahl zu erheischen, und von einem Moment auf den anderen kippte der Traum, und er musste sich erneut beweisen: Vor ihm lagen jetzt drei tibetische Mützen und drei fast identische Gebetsketten. Er saß auch nicht mehr mit den Mönchen dort, sondern mit seinen Eltern. Ihm wurde bewusst, dass er gerade geträumt hatte. Dies, so dachte er, war die Realität; sein Vater war traditionell gekleidet, seine Mutter trug einen dunkelroten Jogginganzug und grüne Chucks. Sein Vater forderte ihn nun auf, eine Kette zu wählen. Jonathan zögerte, war sich nicht sicher. Endlos zog sich der Moment.

»Wir müssen die Gräber öffnen.«
»Welche Gräber?«
»Die Gräber der Qin.«

Sein Vater hob schließlich drohend die Hand, als wollte er ihn schlagen, ihm eine Ohrfeige verpassen. Dann ließ er den Arm sinken und lachte, und seine Mutter fiel in das Lachen mit ein.

Jonathan verließ nun seinen Körper und sah die Szene von oben, eine große Freude, die von ihm, Jonathan, dem Kind, auszugehen schien, erfasste alle (alle Anwesenden und dann auch alle Menschen in Tibet, alle Menschen auf der Welt), erfasste Jonathans Bewusstsein, das jetzt am Ende des Traums zu sich selbst kam, da das Gefühl der Freude so mächtig wurde, dass es ihn ganz ausfüllte und keinen Platz mehr für die Bilder des Traums ließ, so dass Jonathan erwachte. Erst im Glanz, eine Sekunde später mit dem Gefühl eines unfassbaren Verlustes.

19

Jonathan sollte nach den Gemüsebeeten sehen. Die Erbsen mussten nach einem Starkregen wieder aufgerichtet werden. An einigen Stellen hatte das abfließende Wasser den Kaninchendraht unterhöhlt. Außerdem sollten die Gehwege vom Laub befreit werden, der Kies wollte geharkt werden. Die Fische brauchten Futter, obwohl einige der Kois Jonathan kurz vor dem Platzen zu sein schienen. Angeblich hatte es in diesem Teich sogar einmal Störe gegeben. Die Fische eigneten sich tatsächlich unter bestimmten Umständen für ein Leben im Teich, allerdings erschien Jonathan der Teich des Retreats dafür viel zu klein. Auch die Kombination von Goldfischen, Kois und Stör wirkte sowohl widernatürlich als auch unter ästhetischen Gesichtspunkten fehlgeleitet. Jonathan ging in die Hocke und versuchte sein Spiegelbild im Wasser zu erkennen. Die Fische ergriffen die Flucht unter die Steine. Jonathans Gesicht blieb verschwommen. Winzige Wellen ließen die Oberfläche zittern. Ein Mönch eilte geschäftig an ihm vorbei, rief ihm im Lauf etwas zu, das er nicht verstand. Jonathan ließ eine Handvoll feinen Kies ins Wasser rieseln. Konzentrische Kreise breiteten sich aus, sein Gesicht verschwand.

Da war Sa Dib und da die Gottheit Pemba. Da war Kudhok Marmig, Glocke und Donnerkeil. Und links die Prinzessinnen mit der roten Tara.

Zwei Mönche halfen ihm beim Ankleiden. Jonathan hatte, bereits eine Woche nachdem er angekommen war, einen kleinen Beraterstab zur Seite gestellt bekommen, einen Public-Relations-Berater, einen Human-Resource-Manager und einen Zuständigen für Wiedergeburtsangelegenheiten.

»Du bist wie ein Goldstück, das jeder mal anfassen möchte und in der Hand wiegen will, um seine Echtheit zu prüfen«, sagte Christian, der ihn regelmäßig im Retreat besuchte. Möglichst während der Mittagspause. Vergorener Seitan mit Koriander und Reis war jetzt seine neue Leibspeise. Jonathan nickte ein wenig verspätet, in Gedanken versunken. Der Junge erschien Christian stiller als zuvor, vielleicht handelte es sich um die angemessene innere Einkehr, die notwendig war, bevor große Taten folgen konnten, vielleicht vermisste er auch einfach seine wunderschöne Freundin, die Christian gestern im Supermarkt getroffen hatte. Sie sah umwerfend aus, die Haare millimeterkurz geschnitten, ihr Lippenstift leuchtete burgunderrot, als sie ihm, ohne seinen Gruß zu erwidern, einen schlechtgelaunten halben Blick zuwarf. Diese Begegnung behielt Christian für sich.

Jonathan erzählte Christian von seinem Traum. Gab es in Tibet Möwen? Die Mönche hatten Gendün Chökyi Nyima aufgesucht. Vielleicht hatten seine Eltern ihn auf dieses Treffen vorbereitet.

»Und dann, als ich erwachte, war ich mir plötzlich

sicher, dass das kein Traum war, sondern eine Erinnerung, die ich geträumt habe. Ich bin mir ganz sicher, das war real. Es ist genau so gewesen. Es hat genau so stattgefunden.«

Jonathan war fest davon überzeugt, dass er mit diesem Traum einen klaren Blick in seine Vergangenheit geworfen hatte. Christian war der Ansicht, dass das aller Wahrscheinlichkeit und der allgemeinen menschlichen Erfahrung widersprach, aber er wollte sich nicht auf eine so spekulative Diskussion einlassen, die Verwirrung in Jonathans Kopf war anscheinend auch so groß genug.

»Der Große Fünfte hat die Gegenstände auch nicht erkannt«, wusste Christian zu berichten.

»Ist das so?«

»Ja, das hat er selbst in seiner Biographie geschrieben.«

»Der Große Fünfte hat eine Autobiographie geschrieben?«

»Sein Erzieher hat ihn damit immer unter Druck gesetzt: Du musst hart arbeiten, denn du hast die Gegenstände nicht erkannt.«

Der Photograph schoss eine Serie von Bildern vor einem Screen. Jonathan fühlte sich verkleidet und bemerkte, wie er unwillkürlich ein sanftes Lächeln aufsetzte, wie man es möglicherweise von einem buddhistischen Mönch erwartete.

Die Mönche im Rücken des Photographen schauten besorgt, und Christian Bang schnitt Grimassen: Das sollte wohl komisch sein. Jonathan war sehr irritiert und verstand nicht, was man von ihm wollte.

Dann forderte der Photograph ihn auf, an etwas Schönes zu denken: an einen goldenen Buddha. Was, wenn man sein eigenes Gesicht nicht erkannte? Kurz dachte Jonathan an Odile, die ihn mit geschlossenen Augen ansah, ihr Gesicht über seinem, ihre Hände auf seiner Stirn und dem Mund.

Eine halbe Stunde später standen sie wieder auf der Dachterrasse des Bodhi Sang Retreat und sahen auf die schneebedeckten Gipfel der Rockys. Christian rauchte eine Zigarette. Jonathan war sehr erschöpft von den Photoaufnahmen.

»In der Dämmerung sieht man da hinten am Waldrand manchmal eine Elchkuh im Nebel stehen, und die Rehe sind neugierig wie Katzen, laufen zwischen den Bungalows umher und fressen Blumen und Salate.«

Er hatte das Gemüsebeet noch nicht gejätet. Auch der Kies war noch nicht geharkt worden.

»Der Dalai Lama möchte dich treffen. Er möchte dich sehen.«

Jonathans Herz begann schneller zu schlagen. Eine Welle näherte sich, jetzt kam es darauf an, den richtigen Moment zu erwischen. Dann würde es wie von selbst laufen, alles würde sich ganz organisch ergeben.

»Wann?«

»Am besten in einem früheren Leben.«

Christian schnippte zu Jonathans Missfallen die Zigarette über die Reling der Dachterrasse. Jonathan rauchte nicht mehr, er kiffte nicht mehr. Seiner Großmutter hatte er sogar das Zigarettendrehen in seiner Gegenwart untersagt, natürlich hielt sie sich nicht daran.

»Ich meine, so schnell wie möglich!«

»Hier gab es 1848 noch 100 000 Indianer. Um 1900 waren es noch 15 000. Tibet ist jetzt auch schon über fünfzig Jahre besetzt.«

Ein Hörnchen kletterte am Leichenfänger entlang und fiepte.

»Aber die Tibeter werden nicht wie Freiwild erschossen.«

»Nein, das stimmt. Genauso wenig wie die Indianer. Die meisten sind angeblich an Erkältungen gestorben.«

In fünfhundert Metern Luftlinie gab es eine Felswand, die mit Haken bestückt war, dort konnte man klettern, heute war die letzte Chance, ab morgen sollte es für ein paar Tage regnen.

Er würde meditieren, schweigen, lesen, memorieren. Es gab einen festen Tagesablauf, an den er sich zu halten versuchte, so wie man es von ihm erwartete, auch wenn es ihm schwerfiel. Endlich zeichnete sich eine Veränderung ab.

»Wo soll dieses Treffen stattfinden?«

»Wissen wir noch nicht. Vielleicht in Indien, das wäre vermutlich die beste Idee.«

»Wir sollten mal zusammen klettern gehen, und der Dalai Lama tut gut daran, mir ein Treffen vorzuschlagen. Er kann meine Hilfe gebrauchen. Wir werden die Chinesen zu Verhandlungen zwingen.«

Christian sah seinen Schützling überrascht an.

Jonathan zeigte in Richtung der vierzig Meter hohen Felswand, an deren Fuß sich ein kleiner Bach, der Bristol Channel, entlangwand. »Man lernt sich selbst zu vertrauen und sich auf den anderen zu verlassen.«

Christian hatte das Gefühl, dass Jonathan eine ungute Entwicklung nahm, dass er Anzeichen von Größenwahn zeigte. Jonathan sah mit leuchtenden Augen zum Waldrand hinüber. Der Bach floss vor sich hin. Die Rockys waren geduldig. Keine Möwen weit und breit.

TEIL V
TIBET

Im Holz-Schaf-Jahr

20

Der neu ernannte Gouverneur von Tibet wandte seinen Blick Richtung Himmel. Palden Lhamo trieb ihr feuerspeiendes Maultier durch ein Meer von Blut und Fett. Eine Kette aus fünfzehn abgetrennten Köpfen um den Leib, eine Mondsichel in ihrem roten Haar über den drei Augen. Aus der Schädelschale in ihrer Hand tropfte grünes Blut, und in dem Blut schwammen elfenbeinfarbene Augäpfel und ein schwarzes Herz. Die abgezogene Haut über dem Maultierrücken war die ihres eigenen, von ihr selbst getöteten Sohnes; das Zaumzeug des böse lachenden Maultiers bestand aus giftigen Schlangen. Schlangen hielten auch ihren Lendenschurz, denen konnte Gyaltsen in die geschlitzten Pupillen schauen, sie schienen zu lächeln.

Die Palden Lhamo war die Schutzgöttin des Dalai Lama, Gyaltsen Norbu hatte diese wertvolle Arbeit auf Holz an der Decke seines neuen Apartments in Lhasa anbringen lassen. Palden Lhamo war allgegenwärtig, auch weil sie aus Mitleid die Gebrechen der Welt in sich hineinstopfte. Was sie nicht zu fassen vermochte, wanderte in eine Tasche, die ebenfalls quer über dem Rücken des Maultiers lag. Bei Bedarf bekämpfte sie daraus die Feinde des Dharma. Ihre Haut war schwarz wie ein Tuch aus Nacht. Gyaltsen stimmte ihr Mantra an: JO RAMO JO RAMO JO JO RAMO TUNJO KALA RACHENMO RAMO AJA DAJA TUNJO RULU RULU HUNG JO HUNG jo ramo jo ramo jo jo ramo tunjo kala rachenmo ramo aja daja tunjo rulu rulu hung jo hung jo ramo jo ramo jo jo ramo tunjo kala rachenmo ramo aja daja tunjo rulu rulu hung jo hung jo ramo jo ramo jo jo ramo tunjo kala rachenmo ramo aja daja tunjo rulu rulu hung jo hung jo ramo jo ramo jo jo ramo tunjo kala rachenmo ramo aja daja tunjo rulu rulu hung jo jung …

Aus Amerika war die Nachricht über das Meer und das Land bis nach Tibet gedrungen, dass in Kalifornien ein junger Mann aufgetaucht war, der behauptete, der Panchen Lama zu sein. Das verschwundene Kind Gendün Chökyi Nyima.

Langsam entfaltete das Gift dieser Nachricht seine Wirkung. Bisher hatte Gyaltsen die Geschichte um seine Berufung, die man lange vor ihm geheim gehalten hatte, diesen Schatten, der auf den Beginn seiner Amtszeit fiel, nicht wahrhaben wollen und verdrängt.

Vor einem halben Jahr hatte Gyaltsens Staatsorakel, ein zwei Meter hoch aufgeschossener blinder Hirtenjunge, eine schwere Krankheit Fu Liangs, des bisherigen KP-Chefs Tibets, vorausgesagt; drei Monate später war Fu Liang, anscheinend aufgrund eines Herzinfarkts, in seiner Badewanne ertrunken. Deng Yao, Gyaltsens Erzieher und Mentor, selbst Schützling des undurchsichtigen Xi Jinping, der als Paramount Leader die Volksrepublik führte, war daraufhin zum KP-Chef des Autonomen Gebiets Tibet ernannt worden, und damit zum mächtigsten Mann Tibets aufgestiegen.

Kurz darauf hatte Deng Yao für Außenstehende völlig unerwartet und in einem beispiellosen Akt einen neuen Gouverneur des Autonomen Gebiets Tibet ernannt: Er gab bekannt, der bisherige Gouverneur Lobsang G. – ein mehr als unbeliebter Apparatschik – sei zurückgetreten und an seiner Stelle werde Gyaltsen Norbu, der 11. Panchen Lama (unter anderem Mitglied des Landeskomitees der Politischen Konsultativkonferenz des Chinesischen Volkes, Vizevorsitzender der chinesischen Buddhistenvereinigung und bislang Minister ohne besonderen Aufgabenbereich), zukünftig das Amt übernehmen. Er sei überzeugt, Gyaltsen Norbu sei der richtige Mann. Mit der Unterstützung der Partei werde er trotz seines scheinbar jungen Alters mit aller Kraft und all seinen Fähigkeiten erfolgreich für das Fortkommen Tibets und die Wahrung der nationalen Einheit arbeiten.

Die Auslandspresse und ihre Experten betonten, dass es sich bei dem Amt eines Gouverneurs um einen bloß repräsentativen Posten handelte, die wirkliche Macht habe der Generalsekretär der Provinz inne, was man schon daran erkenne, dass in der sogenannten Autonomen Region Tibet noch nie ein Tibeter diesen Posten ausgeübt habe, obwohl es an verdienten und über alle Zweifel erhabenen regimetreuen Tibetern nicht mangelte, so tiefsitzend sei das Misstrauen der Kommunistischen Partei gegen ihre tibetischen Kader. Das war nicht ganz von der Hand zu weisen, verfehlte aber den Kern der Entwicklung, denn kurz darauf schon planten und initiierten Deng Yao und Gyaltsen gemeinsam die Kampagne: EINHEIT DURCH GERECHTIGKEIT.

Am Regierungsgebäude in Lhasa wurde ein gigantisches Porträt der Führer Chinas aufgehängt, 8,9 mal 13,6 Meter groß. Mao Tse-tung, Deng Xiaoping, Jian Zemin, Hu Jintao

& Xi Jinping – alle auf einem Bild vereint, alle den Blick nach rechts gewandt. Hinter ihnen die große rote Sonne, die ihre Strahlen zwischen den Köpfen hindurchwarf. Zugleich ließ die Provinzregierung eine Million Staatsfähnchen der VR in Lhasa verteilen.

In seiner ersten kurzen Rede rief Gyaltsen zu Wachsamkeit und Achtsamkeit auf. Er betonte die Notwendigkeit eines festen politischen Standpunktes und der Fortführung des Kampfes zur Wahrung der nationalen Einheit. Jeglicher Fortschritt seit der Befreiung von der Feudalherrschaft sei der Führung der Kommunistischen Partei und dem sozialistischen System zu verdanken. Er werde seine Arbeit in Übereinstimmung mit den vier Bewusstseinsformen beginnen: dem Bewusstsein der Politik, dem Bewusstsein des großen Ganzen, dem Bewusstsein des Kerns und dem Bewusstsein der Linie.

Die Kampagne EINHEIT DURCH GERECHTIGKEIT begann wie viele Kampagnen vor ihr mit der Ankündigung des Kampfes gegen die Korruption, verbunden mit einem verstärkten Kampf gegen das organisierte Verbrechen. Nur in diesem Fall folgten der Ankündigung auch Taten.

Als Erstes waren es bestechliche Beamte, zuständig für Baugenehmigungen und Gewerbescheine, die abberufen wurden, Selbstkritik leisten mussten und die man bis zu ihren Prozessen tatsächlich inhaftierte. Im berüchtigten Drapchi-Gefängnis wurde eigens eine Sektion geräumt. Um Platz zu schaffen, wurden achtzig größtenteils weibliche Gefangene, die sich gut geführt hatten, vorzeitig entlassen.

Die Polizisten wurden vor allem in Lhasa und Shigatse bei Androhung von Sanktionen auf Korrektheit und Freundlichkeit eingeschworen und folgten dieser Weisung gleichermaßen widerwillig und automatisch. Deng Yao nannte das: Erhöhung der atmosphärischen Harmonie auf dem Dach der Welt.

Kurz darauf wurden der Chef der örtlichen Triaden sowie seine tibetische rechte Hand durch Kopfschüsse getötet, als sie versuchten, sich ihrer Verhaftung zu widersetzen. Üblicherweise widersetzte sich niemand gewaltsam einer Verhaftung durch Spezialkräfte der Polizei.

Man veröffentlichte Photos der Leichen und ließ ihre prunkvollen Villen unter einem strahlend blauen Himmel mit Bulldozern zerstören, auch das war beispiellos.

Ein Monat ging ins Land, dann riefen Deng Yao und Gyaltsen einen Ausschuss der öffentlichen Wohlfahrt und allgemeinen Verteidigung unter ihrem persönlichen Vorsitz ins Leben, der die Arbeit der Exekutive überwachen, unterstützen und sich besonders auf die Bekämpfung der zersetzenden Bestrebungen der Exiltibeter (Clique des Dalai Lama) konzentrieren sollte. Die Vollmachten waren weitreichend. Revolutionäre Schritte waren in Vorbereitung, man sprach von einer großangelegten Rekrutierung von Tibetern für alle Bereiche der öffentlichen Verwaltung, um auf dem Weg der Gleichberechtigung der beiden Landessprachen voranzuschreiten. Die chinesische Nomenklatura betrachtete die Veränderungen mit Argwohn.

Was den »amerikanischen Panchen Lama« anging,

wusste man nach Aussagen Deng Yaos in der chinesischen Administration von nichts; auch die Quellen in Kalifornien hatten bisher kaum Verwertbares geliefert. Der Journalist, der den Ball ins Rollen gebracht hatte, war für den chinesischen Geheimdienst ein unbeschriebenes Blatt.

Deng Yao hielt die Geschichte für frei erfunden. Warum sollte China eine Person wie diese ins Ausland gelangen lassen und dann die Kontrolle über sie verlieren? Das war schwer vorstellbar, es ergab einfach keinen Sinn. Die einzige plausible Erklärung war, dass es sich um ein Manöver der Exiltibeter handelte. Vielleicht bildeten sie sich ein, damit Druck auf die Administration ausüben zu können, um Näheres über den wahren Aufenthaltsort des damaligen Kandidaten, den der Dalai Lama hatte lancieren wollen, zu erfahren.

Vielleicht wollte man tatsächlich hauptsächlich Gyaltsen schaden, der sich anschickte, die Herzen der Tibeter zu erobern.

Die öffentlichen Verlautbarungen in Richtung Ausland waren wie gewohnt schmallippig: Der junge Mann Chökyi Nyima lebe zurückgezogen mit seiner Familie und wünsche, nicht gestört zu werden. Er sei sehr gut ausgebildet und gehe einer Arbeit zum Wohle seines Landes nach. Im Übrigen verbitte man sich jede Art von äußerer Einmischung in die inneren Angelegenheiten Chinas. Es sei ermüdend, immer wieder darauf hinweisen zu müssen, einige Unbelehrbare verhielten sich, anscheinend »inspiriert von seiner Heiligkeit«, wie störrische Schulkinder, die im Geschichtsunterricht nicht aufgepasst haben (Deng Yao).

Der Dalai Lama hatte öffentlich seine große Freude geäußert, ohne sich festlegen zu lassen, ob es sich bei dem Amerikaner wirklich um Gendün Chökyi Nyima handelte. Angeblich wollte er sich mit ihm treffen.

Gyaltsen fand an Tenzin Gyatso im Besonderen seine zur Schau gestellte gute Laune schwer erträglich. Er war außerdem der Meinung, dass der Dalai Lama in seiner Ohnmacht eigentlich wenig Anlass für gute Laune hatte. Das würde sich auch mit einem falschen Panchen Lama an seiner Seite nicht ändern.

Jo ramo jo ramo jo jo ramo tunjo kala rachenmo ramo aja daja tunjo rulu rulu hung jo hung jo ramo jo ramo jo jo ramo tunjo kala rachenmo ramo aja daja tunjo rulu rulu hung jo hung ...

Gyaltsen beendete seine Anrufung nach 108 Wiederholungen. Dann widmete er sich der Zerlegung eines alten Photoapparates.

Er kam voran, die ersten Schritte waren getan, die Macht, Veränderungen herbeizuführen, lag nun in seiner Hand. Er hatte Blut geleckt, er war hungrig. Und noch etwas anderes hatte sich in seinem Leben geändert.

21

Om tare tuttare soha ...
Tara-Mantra

Sie hatten sich in der Bar im Souterrain des Jokhang Tower kennengelernt, in dem Gyaltsen residierte. Er verbrachte dort manchmal die Nachmittagsstunden damit, Zeitung zu lesen und ein oder zwei Malzbiere zu trinken. Die Sessel waren tief und bequem, und meistens standen Orchideen auf der Bar, die obszön ihre Blüten den Augen der Gäste darboten.

Das Licht war gedämpft, alte Papierschirme hingen von der Decke, kunstvoll bemalt, Überbleibsel einer Zeit, in der noch nicht alles aus Plastik gefertigt wurde. Gyaltsen saß immer auf demselben Platz links von der Bar, von wo er den Raum im Blick hatte, selbst aber kaum zu sehen war.

Tamara hatte durch ihren dunkelblauen Kunstfellmantel mit aufgestickten Augen rechts und links auf Brusthöhe Gyaltsens Interesse geweckt. Sie lehnte sich an den Billardtisch und musterte die Kugeln, schickte die weiße mit einer ebenso weißen Hand an die Bande und fing sie wieder ab.

Als Gyaltsen sah, dass sie offensichtlich allein war, ließ er sie von Tengshe an seinen Tisch bitten. Es war noch nicht viel Betrieb, eine Handvoll Skandinavier und Schweizer, die in Bergbau- und Brauereigeschäften unterwegs waren, und mehrere Tische mit chinesischen Geschäftsleuten. Ein paar

Prostituierte warfen gelangweilte Blicke durch den Raum und ignorierten das rothaarige Mädchen mit dem auffälligen Mantel. Die Chinesen zerknüllten Papierservietten und warfen sie neben sich auf den Boden, rülpsten und ließen sich heißes Wasser nachschenken. Eine Kellnerin eilte mit großen bunten Thermoskannen hin und her.

Tengshe hatte Gyaltsens Wunsch widerwillig entsprochen. Schon das letzte Jahr über, besonders seit seinem Umzug nach Lhasa in sein neues Apartment, hatte Gyaltsen durchaus erfolgreich versucht, Kontakt zum weiblichen Geschlecht aufzunehmen, und sehr ungehalten reagiert, wenn Tengshe oder wer auch immer versuchte, ihn mit Hinweis auf seine Berufung und seine Rolle in der Öffentlichkeit davon abzuhalten. Sein Vorgänger sei immerhin verheiratet gewesen. Man könne sicher sein, dass es weder ihm noch seiner Berufung schade. Und was die Tradition angehe – man werde die Tradition eben weiterentwickeln. Der große Zehnte, wie Gyaltsen seinen Vorgänger seit kurzer Zeit nannte, habe damit bekanntlich angefangen und sogar eine Chinesin geheiratet, und da nehme er sich ein Beispiel. Dem Mann auf der Straße, ob Tibeter oder Chinese, imponiere das sowieso, und auf die Meinung in den Klöstern habe man doch noch nie Rücksicht genommen, und er lehne es ab, dass man nun ausgerechnet in diesem Punkt damit anfange.

Tamara trug außer dem Mantel einen langen schwarzen Rock und Schuhe mit Plateausohlen und hatte anscheinend keine Pläne für diesen Tag. Draußen war es bitterkalt, und von Natur aus war sie neugierig wie eine junge Katze.

Sie ließ die Billardkugel los und blinzelte irritiert, als Tengshe sie ansprach. Sie war eine gute Schauspielerin.

Sie hatte sich in der Ladenpassage des Jokhang Tower mit den neuesten Designerklamottenkopien eingedeckt. Der Kunstfellmantel (oder waren es doch bunt eingefärbte Welpen) hatte ihr Herz von der kopflosen Schaufensterpuppe herunter sofort erobert. Die aufgestickten Augen waren im Original keine Augen, sondern Blätter. Guccis Chefdesigner war wagemutig, aber die chinesischen Kopiernäherinnen wagemutiger.

»Wie heißt du?«

Sie zog ihren Mantel nicht aus, öffnete nur die zwei Verschlusshäkchen.

»Tara.«

Gyaltsen hob eine Augenbraue.

»Eine tibetische Göttin.«

»Ich weiß, aber den Namen gibt es auch in Irland.«

»Bedeutet er dort auch Stern?«

Tara überlegte kurz, ob das ein Kompliment war.

»Nein, ich glaube nicht. Ich glaube, meine Mutter dachte nur, das sei die kurze Form von Tamara.«

»Deine Mutter kann nicht lesen?«

Tara verzog keine Miene.

»Jetzt wo du es sagst, ich habe eigentlich noch nie gesehen, dass sie was liest.«

Sie zählte im Kopf bis drei, dann lachte sie, und Gyaltsen verstand nicht ganz, wieso. Tamara lachte oft und gerne.

Gyaltsen hatte schon lange vorgehabt, sein Englisch zu verbessern, nun schien es ihm noch notwendiger, seit dieser Amerikaner aufgetaucht war.

»Tara, was möchtest du trinken?«

»Vielleicht ein Bier?«

Die Kellnerin balancierte auf einem schwarzen Plastiktablett zwei Flaschen herbei und verschwand, nicht ohne Tamara zuzuzwinkern. Die Chinesen am Nachbartisch waren beim Nachtisch angelangt, Schnaps und süßes frittiertes Gebäck. Auf dem Drehteller in der Mitte des Tisches lagen die Überreste, ein paar Fischköpfe, abgenagte Knochen und zwei unberührte Schalen Reis, die der Einladende vorsorglich nachbestellt hatte.

»Dieses Bier ist ohne Alkohol.«

»Dann möchte ich ein anderes.«

»Es gibt gutes tibetisches Bier.«

»Hast du schon mal irisches Bier getrunken? Guinness?«

»Nein.«

»Wer ist das?«

»Das ist mein Leibwächter.«

Bei ihrem nächsten Treffen hatte Tara, ohne zu zögern, zugestimmt, Gyaltsen zu unterrichten. Sie war auf diese Frage vorbereitet gewesen, auf alles, was dann folgte, auch. Gyaltsen empfing sie in seinem luxuriösen Apartment, ließ Spezialitäten auftischen. Er schickte ihr seinen blinden Masseur ins Hotel und einen Strauß tibetischer Wildblumen, die Frauen aus dem Südwesten auf dem Markt verkauften.

Zwei Wochen später willigte sie nach einer kurzen pflichtschuldigen Bedenkzeit ein, ihren Aufenthalt um drei Monate zu verlängern. Gyaltsen versprach, sich um die Formalitäten zu kümmern. Zu Hause warteten nur ihre Eltern und die unangenehme Aufgabe, sich um einen Job und eine Wohnung zu kümmern. Die Chinareise war ein Geschenk ihrer Mutter zu ihrem Studienabschluss in Cultural Studies and Economics gewesen. Hier wohnte sie nun in einem Hotel, das das Budget der meisten europäischen Traveller bei Weitem überstieg; ein Marmorbad mit vergoldeten Armaturen und ein Zebrafell als Bettvorleger. Der Blick ging weit über die Stadt, die Fenster ließen sich nicht öffnen, die Lüftung schnurrte diskret, und die Zimmermädchen benutzten verschwenderisch Raumspray, das nach Minze duftete. Tamara war ein Mädchen mit wunderschöner, hoffnungslos weißer Haut. Weißer als weiß noch schien Gyaltsen Tamaras Arm, da er mit schwarzem Henna verziert war. Mit der Palden Lhamo teilte Tamara das rote Haar, das in großen Locken auf ihre Schultern fiel. Gyaltsen mochte auch die rasierten Köpfe der jungen Nonnen, aber das hier war etwas anderes.

Durch die Panoramascheibe seines Apartments, die bis zum Boden reichte, konnte man auf den Fluss sehen. Auf den Bergen in der Ferne türmte sich der Schnee und reflektierte das Licht, warf es zurück in den Himmel und in ihre Augen. Gyaltsen strich mit dem Handrücken über ihren Unterarm; wie seltsam das war, eine Frau zu berühren. Er wusste, dass die Haut nur 2,5 Millimeter dick war.

Eine Menschenhaut wog trotzdem um die vier Kilogramm und war damit etwas leichter als ein abgeschlagener Kopf. Gyaltsen war verliebt.

Es stand geschrieben, dass Tara die Angst nahm vor den Löwen des Stolzes und der Arroganz, vor den Elefanten der Unwissenheit, vor dem Feuer des Zorns, den giftigen Schlangen des Neides und der Eifersucht, vor den Räubern der falschen Sichtweisen, vor dem Gefängnis des Geizes und der Gier, den Fluten der Begierde und der Anhaftung, den Dämonen des Zweifels.

Er wusste, dass die Dinge dort, wo sie herkam, selbstverständlicher, einfacher abliefen zwischen jungen Frauen und Männern. Es wurden weniger Bedenken getragen, weniger Umstände gemacht. Man ging Bindungen für sehr kurze Zeit ein, ohne dass es sich dabei um Prostitution handelte. Trotzdem sprach man von Schmetterlingen im Bauch, von ewiger Liebe und davon, dass Verbindungen zwischen Mann und Frau im Himmel geschlossen wurden.

»Tara, was hat dich hierher verschlagen?«

»Das Schicksal.«

»Du glaubst an das Schicksal?«

»Du nicht?«

»Ich glaube an Karma, das Gesetz von Ursache und Wirkung. Wieso ausgerechnet Tibet?«

Tara lächelte und fasste die Haare hinter dem Kopf zu einem Pferdeschwanz zusammen, den sie sofort wieder freigab, eine Handbewegung, die sie oft ausführte, vielleicht um dem Gegenüber die Schönheit ihrer Haare vor Augen zu führen und ihn auch an ihrem Duft teilhaben zu lassen.

Auch Irland war früher besetzt vom mächtigsten Reich der Erde, und das vierhundert Jahre lang. Auch den Iren wurde das Land gestohlen, man hatte sie zu Knechten gemacht und ihnen eine Hungersnot aufgezwungen, die Millionen Menschen den Tod brachte, während die Briten das Getreide aus dem Land schafften. Genau wie in Tibet hatte man sich unter den Herrschenden über die verhungernden Kinder lustig gemacht.

»Ich bin schon als Schülerin mit einem Tibet-T-Shirt herumgelaufen.«

Gyaltsen wusste, was man sich unter einem Tibet-T-Shirt vorzustellen hatte. Gyaltsen lächelte. Wenn er Tara richtig verstand, war dies allerdings ein triftiger Ausweisungsgrund.

An diesem Tag blieb sie zum ersten Mal über Nacht bei ihm.

22

Ich werde nicht aufhören, für die Partei zu beten.
Tenzin Gyatso

Deng Yao war gerade aus Peking nach Lhasa zurückgekehrt. Fast hätte das Flugzeug wegen des Smogs nicht starten können, gerade erst war die höchste Warnstufe aufgehoben worden. In den Geschäften wurden die Atemmasken knapp, so dass erwachsene Männer mit Hello-Kitty-Masken herumliefen, die kaum über ihre Nasen passten. Zu allem Überfluss brannte in einem der Randbezirke der Hauptstadt eine Aluminiumfabrik, und die Löscharbeiten zogen sich hin, mehrere Arbeiter waren zu Tode gekommen, andere wurden noch vermisst. Es waren einfache physikalische Gesetze, wenn man den Druck in der Produktion erhöhte, kam es immer zu Zwischenfällen. Ein Verantwortlicher befand sich auf der Flucht.

Deng Yao würde sich wohl nie an die dünne Luft Tibets gewöhnen. Dass er ein starker Raucher war, machte die Sache nicht besser. Er hatte das Gefühl, dass in Tibet sein Denken verlangsamt war und dass er tatsächlich alle wichtigen Entscheidungen bei seinen Aufenthalten in Peking traf, was in gewisser Weise folgerichtig war.

Das Flugzeug sackte beim Landeanflug auf Lhasa Gonggar mehrmals stark ab, nicht nur das Atmen, auch das Landen von Flugzeugen war in dieser Höhe schwieriger.

Ihm kam der Gedanke, dass es vielleicht auch die dünne Luft war, die die Menschen durchlässiger machte für Übersinnliches, Zauberei, Schamanismus, Hokuspokus. Die dünne Luft und bei den Mongolen die Einsamkeit in der Steppe; die größte kulturelle Leistung der Mongolen hatte in der zeitweiligen Übernahme der absurden tibetischen Religion bestanden und der Errichtung von Schädelpyramiden, seine Gedanken schweiften ab.

Im Flugzeug hatte er eine Skizze der Stewardess angefertigt, mit absurd großen Mangaaugen und freiem Oberkörper. Die Oberweite entsprach eher der von Marilyn Monroe, deren Konterfei Studenten der Wirtschaftswissenschaften in den Schnee in der Nähe des Flughafens gefräst hatten, so dass man sie beim Start sehen konnte. Die Menschen hatten seltsame Ideen, und die Welt war groß und klein geworden, ein schneebedecktes Dorf. Die Imperien waren, was die kulturellen Leistungen anging meist völlig zu vernachlässigen, die Mongolen, die Römer, jetzt die Amerikaner, Marilyn Monroe, die Monroe-Doktrin, dagegen das ewige China.

Er war durchaus zufrieden mit seiner Arbeit, was das Zeichnerische anging. Die weibliche Brust erstreckte sich von der zweiten bis zur siebten Rippe. Es wäre wohl unpassend das Kunstwerk dem Panchen Lama zum Geschenk zu machen, obwohl Deng Yao auf dem Laufenden war und wusste, dass sein Schützling den Kontakt mit der Welt der Frauen aufgenommen hatte. Alles lief nach Plan, sogar besser als erwartet. Er hatte den Geschmack seines Zöglings richtig eingeschätzt und teilte ihn sogar.

Gyaltsens Apartment im gerade fertiggestellten Jokhang Center, das mit hundertdreißig Metern Höhe alle anderen Gebäude der Stadt um ein Vielfaches überragte und auf Augenhöhe mit dem Potala Palast auf dem Roten Berg lag, war fast so groß wie das von Deng Yao und umfasste eine halbe Etage.

Gegen die Errichtung des einzigen Wolkenkratzers von Lhasa hatte es Proteste gegeben. Jede Art von Fortschritt stieß auf Beharrungskräfte und Widerstände, die es zu überwinden galt.

Man hatte es in Rekordbauzeit innerhalb eines einzigen Jahres fertiggestellt, im Stil angelehnt an die palastartige Fassade des Singer Building von 1908 ins Chinesische gewendet. Es hatte die schnellsten Aufzüge der Welt, 72 km/h schnell dank Permanentmagnet-Synchronmotoren mit Luftdruck-Anpassungstechnologie. Deng Yao war stolz, er hatte den Bau schon vor seiner Berufung zum Generalsekretär mitbetrieben.

Es gab dort Regierungsbüros, Banken, Firmenbüros, ein Hotel und Apartments, und in der weitläufigen Bar im Souterrain traf man die schönsten Prostituierten Tibets, wenn nicht ganz Chinas, Chinesinnen, Tibeterinnen, Russinnen. Der ganze Jokhang Tower war bis auf die letzte Besenkammer vermietet.

Auf dem Gang kam Deng Yao Tamara entgegen. Sie erinnerte ihn einmal mehr an Joan Holloway aus der Fernsehserie *Mad Men*, die Deng Yao mit kindlicher Begeisterung und Treue konsumiert hatte; dort rauchten die Figuren unentwegt und hatten große bauchige Gläser mit Schnaps in den Händen. Deng Yao sah Tamara kurz mit dem Blick eines Mannes an, der gewohnt war zu bekommen, was er auf diese Art ansieht. Tamara lächelte leicht spöttisch und nickte ihm zu.

Deng Yao fragte sich, ob sie ihr viel zu hohes Salär sofort in Kleider und Schmuck investiert hatte. Vielleicht verschätzte er sich auch, und sie investierte in chinesische Bergbaufonds, sie schien ihm hinreichend verlässlich, aber nicht ganz leicht berechenbar.

Gyaltsen hatte Tara, als sie von ihrer Abreise sprach, gestanden, dass er nicht ohne sie leben wollte. Mehr noch, er könne nicht ohne sie leben, hatte er gesagt. Er werde alles tun, um sie in Tibet zu halten, sogar ihre Mutter könne er einfliegen lassen.

Die Liebeserklärung hatte dann noch eine seltsame Wendung genommen, als Gyaltsen ihr erklärte, das Staatsorakel habe dringend dazu geraten, sie im Land zu halten, da Gyaltsen sonst drohe seine Macht zu verlieren; ihre Abwesenheit werde sich ungünstig auf seine Pläne auswirken. Tamara hatte wissend genickt und gelächelt, sie verstand ihn, sie stellte keine Fragen, und sie konnte sich auch vorstellen, nach welchen Maßgaben das Staatsorakel seine Aussagen traf, sicher hatte Deng Yao auch da seine etwas zu kurzen Finger im Spiel.

Vor Gyaltsens Tür stand einer seiner Personenschützer Wache, ein grobschlächtiger, bulliger Koschote.

Auch der Koschote folgte Taras Erscheinung mit dem Blick den Gang hinunter, er konnte sich vorstellen, mit diesem Mädchen in einem Zelt zu leben, wochenlang, ohne sich zu waschen, er wusste, dass sie von einer regnerischen Insel kam, die man die grüne Insel nannte, außerdem verkehrte sie mit den zwei mächtigsten Männern Tibets.

Deng Yao hielt unter Sicherheitsaspekten betrachtet nicht viel von Gyaltsens Leibwache aus Viehhirten, die etwas Söldnerhaftes ausstrahlten, aber es imponierte den Leuten auf der Straße und machte etwas her.

»In Peking kriegt man keine Luft und hier auch nicht. China ist das großartigste Land der Welt, aber in weiten Teilen leider unbewohnbar. Wer war denn das gerade? Ich meine nicht den Berggorilla vor der Tür, sondern diese rothaarige Teufelin.«

Deng Yao warf seine Anzugjacke über einen Stuhl und streifte die Schuhe ab. Die Fußbodenheizung war eine großartige Sache, eigenartig, dass die Koreaner sie erfunden haben sollten.

»Meine Englischlehrerin.«

»Machst du Fortschritte?«

»Es ist eine seltsame Sprache.«

Die beiden ließen sich auf zwei große bestickte Sitzkissen nieder; Gyaltsen hatte eigenhändig eine Zitronenlimonade nach Taras irischem oder englischem Rezept zubereitet. Zwei Nymphensittiche versuchten sich lautlos an Brocken, die sie vielleicht aus dem vorangegangenen Englischunterricht aufgeschnappt hatten. *Me me me.* Gyaltsen liebte diese Vögel, die ein Geschenk des Bürgermeisters von Changping waren.

»Im Westen verstehen uns eigentlich nur die Geschäftsleute. Und die Huren, die ja eine Art von Geschäftsleuten sind.«

»Sie verbessert mein Englisch, und ich verbessere ihr Weltbild.«

»Du könntest viel schönere Mädchen haben. Blonde, zarte Europäerinnen.«

Gyaltsen schüttelte leicht den Kopf und nippte an der Zitronenlimonade.

»Man sagt ja, die Schönheit liegt im Auge des Betrachters.«

Es gab einen Plan Gyaltsens, den Deng Yao für völlig verfehlt hielt. Gyaltsen hatte vor, eine Reihe von Hinrichtungen im Lhasa Stadion stattfinden zu lassen. Deng Yao fand, dass Gyaltsen damit weit über das Ziel hinausschoss, auch wenn er in Peking damit möglicherweise auf offene Ohren stieß.

In China gab es einige Delikte, bei denen die Todesstrafe verhängt werden konnte. Dazu gehörten unter anderem das absichtliche Verbreiten pathogener Krankheitskeime, Befehlsverweigerung, die Behinderung militärischer Operationen, Bestechung, Betrug mit Kreditkarten, Brandstiftung, Desertation und Fahnenflucht, aber auch der Diebstahl von Benzin, von Geheimdokumenten, von Schusswaffen, Munition oder Sprengstoff, von Waffen aus militärischem Besitz sowie Entführung, Erpressung von Geständnissen,

Feigheit vor dem Feind, Flugzeugentführung, Gefängnisausbruch, Geiselnahme mit tödlichem Ausgang, Geldfälschung, Handel mit Frauen und Kindern, Herstellung oder Verkauf von gepanschten Medikamenten mit schweren Folgen beim Konsumenten, Herstellung, Schmuggel, Handel oder Transport von Opium oder Betäubungsmitteln, die Herstellung und Vorführung pornographischen Materials, Hochverrat, illegales Herstellen, Kaufen und Verkaufen von arsenhaltigem Rattengift, illegale Produktion oder Vertrieb von Schusswaffen, Munition oder Sprengstoff, Körperverletzung mit Todesfolge oder mit bleibenden schweren Körperschäden, schwere Fälle von Korruption, Menschenhandel, die Plünderung archäologischer Ruinen und Gräber, Raub, Sabotage militärischer Einrichtungen, Sabotage öffentlicher Einrichtungen, der Schmuggel von Waffen, Munition, nuklearen Materialien oder gefälschten Banknoten, schwerer Gemüsediebstahl, Senkung der Moral bei den Truppen, Spekulation, Spionage, Sprengstoffanschläge, Steuerbetrug, Steuerhinterziehung, Totschlag, Tötung bestimmter besonders geschützter Tiere, zum Beispiel von Pandabären, Übergriffe gegen die Zivilbevölkerung, Umsturzversuch, Unterschlagung, Verbrechen gegen kulturelles Erbgut, Vergewaltigung, Vergiftungen, Verkauf schädlicher Lebensmittel, Verstoß gegen das Betäubungsmittelgesetz, Veruntreuung, Affenschmuggel, Weitergabe von Staatsgeheimnissen über das Internet, schwere Fälle von Zerstörung öffentlichen oder privaten Eigentums, Zerstörung von Staudämmen, Zuhälterei und Mord.

Gyaltsen wusste, dass es auf der Welt nur einen Menschen gab, der fast all diese Verbrechen begangen hatte; einige hatte der große Vorsitzende historisch bedingt nicht begehen können.

Deng Yao rutschte auf dem Sitzkissen hin und her, es war einfach keine bequeme Position zu finden. Er stand auf und streckte sich. Sein linkes Bein war eingeschlafen und kribbelte. Er überlegte, wie er möglichst behutsam seine Vorbehalte äußern könnte, und ging dabei im Raum auf und ab.

Öffentliche Hinrichtungen hatte es in Tibet seit Jahrzehnten nicht gegeben. Gyaltsens Plan sollte der nächste Schritt der Kampagne EINHEIT DURCH GERECHTIGKEIT sein. Dreihundert Tibeter waren bereits verhaftet worden, unter der Anschuldigung mit der Clique des Dalai Lama gegen das Vaterland zu konspirieren. In Wahrheit handelte es sich ausschließlich um Kleinkriminelle, bekannte Pädophile, vorbestrafte Gewalttäter. Wenn darunter ein Anhänger des Dalai Lama war, dann war er das in Tateinheit mit anderen mehr oder minder schweren Verbrechen. Fast alle politischen Aktivisten saßen längst in Gefängnissen oder Lagern; seit den Unruhen von 2008 hatte man keine noch so zaghafte Opposition geduldet, sämtliche auffälligen Individuen aus dem Verkehr gezogen und einer Umerziehung zugeführt.

Bei der chinesischen Bevölkerung kam diese neue Verhaftungswelle gut an. Jede Verhaftung, berechtigt oder nicht, erhöhte die Sicherheit im Land. Diese Logik des einfachen Mannes, der auch die Polizeiführung anhing, war nicht von der Hand zu weisen.

Bei den Tibetern hielten sich die Proteste in engen Grenzen; nur ein paar Familienangehörige wagten es, zu opponieren, ließen sich aber durch Rundfahrten auf der abgedeckten Ladefläche von Armeelastkraftwagen beruhigen. Es war wie mit Schreikindern, die man durch die Gegend fahren musste, um ihnen die Angst zu nehmen und sie mit ihrem Dasein auf der Welt zu versöhnen.

Deng Yao blieb mit dem Rücken zu Gyaltsen am Fenster stehen und formulierte seine Bedenken: »Die Tibeter sind, was diese Dinge angeht, bei aller sonstigen Grobheit etwas zartbesaitet. Für mein Gefühl wissen sie so ein Spektakel nicht zu schätzen. Sie verstehen es schlicht nicht. Sie können es nicht mit Gewinn für sich betrachten. Sie können keinen Gewinn daraus ziehen.«

Gyaltsen wischte Deng Yaos Einwände mit einer kurzen Handbewegung beiseite. Deng Yao setzte seinen Kopf zu einem minimalen Nicken in Bewegung, das sich schnell verselbständigte.

Gyaltsen interpretierte dieses mutmaßliche Nervenleiden als Folge von Deng Yaos hemmungslosem oder doch zumindest unbedachten Alkoholkonsum.

Die Zerrüttung der Geister und der Körper durch den Schnaps war allgegenwärtig – die Verkürzung der Nerven in den äußeren Gliedmaßen, die Vergiftung der Leber. Gyaltsen dachte, dass in einer idealen Gesellschaft die Rauschmittel den Orakeln, den Heilern und Schamanen vorbehalten sein sollten. Denn wozu führte es, wenn dergleichen allgemein zugänglich war, was konnten gewöhnliche Menschen schon mit Drogen anfangen, außer sich und andere zugrunde zu richten, ihre Familien zu ruinieren, dem Gemeinwesen zu schaden. Armut, Alkoholismus, transzendentale Obdachlosigkeit, das ging alles Hand in Hand, und auch Machtmenschen verrohten im Rausch und töteten ihre Freunde, fielen dem Wahnsinn anheim, wie Alexander der Große.

Die Aufgabe, das Land von diesem Übel zu befreien, wartete noch auf ihn. Schnaps würde er verbieten und den Alkoholgehalt des Gerstenbiers schrittweise senken lassen.

»Wir können doch stattdessen die Krankenwagen benutzen«, schlug Deng Yao vor.

Die Hinrichtungsfahrzeuge waren seit 2003 in Gebrauch und sahen von außen tatsächlich aus wie Krankenwagen. Drinnen gab es Sitzgelegenheiten für Staatsanwälte und Richter, die die Prozedur, vom Verurteilten durch eine schalldichte Wand getrennt, auf einem Bildschirm beobachten konnten. Der Verurteilte wurde mit einer Giftinjektion hingerichtet.

Gyaltsen waren diese Wagen ein Gräuel. Dass der Verurteilte bereits gefesselt auf einer Bahre in den Wagen geschoben wurde und dass der Henker nur auf einen Knopf drücken musste, worauf sich die Nadel automatisch in den Arm des Delinquenten senkte, weckte seinen besonderen Abscheu.

»Wir brauchen die Zuschauer.«

»Bist du schon einmal bei einer Hinrichtung dabei gewesen?«

Die Frage war nur rhetorisch gemeint. Deng Yao hätte gewusst, wenn dies der Fall gewesen wäre.

»Nein.«

»Vielleicht machst du dir gar keine Vorstellung davon, was es bedeutet, wenn jemand umgebracht wird. Für dich ist das vielleicht nur der Auftakt zur nächsten Wiedergeburt. Aber für mich, und ich vermute für die meisten Verbrecher auch ... also, so wie wir die Sache sehen, ist damit die Vorstellung zu Ende, ein für alle Mal und endgültig.«

Eine Hinrichtung war ein grauenhafter und wahnwitziger Moment, in dem die Welt ihre wahre Struktur offenbarte, im Grunde lehnte Deng Yao die Todesstrafe sogar ab.

Diese Art zu denken war für Gyaltsen keine Option, er hielt sie zudem für naiv und schädlich. Es ging ihm darum, noch einmal bedingungslose Härte zu demonstrieren. Gyaltsen wollte mit dem Blut dieser Verbrecher einen Schlussstrich ziehen. Danach sollte es ein Moratorium für die Todesstrafe geben. Und dann die umfassende Amnestie im Autonomen Gebiet Tibet für alle politischen Gefangenen, ein Donnerschlag, der China erschüttern und in der ganzen Welt zu hören sein würde. Von da an würde in Tibet nichts mehr sein wie zuvor.

23

Ich frage mich, ob das Mädchen mit der zarten
Haut in meinem Bett,
Das so sanftmütig und liebevoll erscheint,
Es mit räuberischer Gerissenheit
Nicht nur auf meine Schätze und Reichtümer
abgesehen hat
Tsangyang Gyatso, der 6. Dalai Lama

Gyaltsen saß zu Taras Füßen, blätterte in den Gedichten des 6. Dalai Lama und trank einen Aufguss aus Raupenpilzen, der ihm ein langes Leben bei ausgezeichneter Gesundheit bescheren sollte. Man sagte dem Tee nach, er helfe gegen Tumore und Viren, er sei antioxidant und cholesterinregulierend, außerdem steigere er Ausdauer und Libido. Der Raupenpilz befiel die im Boden überwinternden Raupen verschiedener Schmetterlingsgattungen. Während des Pilzwachstums wurde die Raupe bei lebendigem Leib zersetzt, bis sie ganz mit dem Myzel des Pilzes ausgefüllt war. Aus dem Kopf der Raupe wuchs dann der Fruchtkörper über die Erdoberfläche.

Ist die Blüte vorbei
Die Bienen jammern nicht

Der 6. Dalai Lama hatte ein bewegtes Leben geführt und sich vor allem als Liebeslyriker einen Namen gemacht, der ihn über die Jahrhunderte trug. Sich draußen mit Tara zu treffen wurde zunehmend schwierig, die Tibeter auf der

Straße suchten seine Nähe, desgleichen die Chinesen, die zumindest die Gelegenheit nicht verstreichen lassen wollten, sich mit ihm photographieren zu lassen.

Pfirsich, Haut, Fruchtfleisch und Kern
Was wiederkehrt, kehrt wieder

»Vielleicht war ich schon einmal hier, in einem früheren Leben.«

Tara wickelte eine rote Haarsträhne um ihren Zeigefinger, Gyaltsen schüttelte den Kopf.

»Den Jokhang Tower gibt es erst seit zwei Jahren, er ist ganz neu gebaut. Ich bin der erste Mieter dieses Apartments, oder es gehört mir sogar, so genau weiß ich das nicht.«

»Ich meine in Tibet.«

Tara hatte den Raupentee probiert, konnte aber keine Begeisterung dafür aufbringen, einen Sud aus einer von einem Parasiten befallenen Raupe zu trinken, der erdig und zu allem Überfluss nach Fisch schmeckte.

Die Erkenntnis, dass Tara solch volkstümlichen oder westlichen Vorstellungen von der Wiedergeburt anhing, gefiel Gyaltsen überhaupt nicht. Aber woher sollte sie es auch besser wissen, wenn selbst der Dalai Lama ständig irreführende Aussagen streute und die Leute entgegen dem Uhrzeigersinn an der Nase herumführte.

»Nein.«

»Wieso nicht?«

»Ich weiß es.«

Tara wollte Gyaltsen aus der Reserve locken.

»Hat dein Orakel es dir verraten?«

»Nein, ich glaube, du hast da etwas falsch verstanden.«

Wo fing man an, wenn man über diese Dinge sprach?

»Es ist ganz schlicht: Da es keine Seele gibt, werden wir auch nicht wiedergeboren.«

Tara zog die Nase kraus und schob ihre Haarpracht von einer Seite zur anderen.

»Der wiedergeborene Panchen Lama sagt mir, es gibt keine Wiedergeburt?«

»Nicht in dem Sinne, wie man das im Westen versteht.«

Tara konnte sich die Erwähnung des Dalai Lama nicht verkneifen.

»Der Dalai Lama sieht das aber anders.«

Gyaltsen nickte.

»Der Dalai Lama ist ein alter Mann, er steht hier auch nicht in besonders hohem Ansehen.«

Tara war sich nicht sicher, ob Gyaltsen das ernst meinte.

»Da habe ich anderes gehört.«

»Das ist nur eine Fiktion des Auslandes, des westlichen Auslandes und der Inder. Indien beherbergt ausgesprochen viele Clowns. Die Inder haben eine Schwäche für spirituelle Hochstapler und Trickbetrüger. Schlangenbeschwörer, Fakire, die an unsichtbaren Seilen hochklettern und so weiter.«

Der Dalai Lama hatte den Sommergras-Winterwurm, wie man den Raupenpilz auch nannte, mit einem Gedicht bedacht.

»Der alte Mann ist gefährlich. Ein Teufel, der auf die Eskalation aller Konflikte hinarbeitet. Auf die Eskalation aller Konflikte weltweit!«

Tara stellte sich den Dalai Lama mit Hörnern vor und

wie er auf dem Weg zu einem Podium die Spur eines Paarhufers hinterließ.

»Und deshalb müsst ihr Menschen in einem Sportstadion erschießen lassen?«

Die Todesstrafe genoss in Europa keinen guten Ruf. Das konnte an einem exzessiven Missbrauch in früheren Zeiten liegen oder am Mangel an Religion. Es war jedenfalls eine Tatsache, dass sich die Europäer über nichts so ereifern konnten wie über die gerechte Bestrafung von Verbrechern. Vielleicht hatte das auch mit der Figur von Jesus Christus, ihrem Erlöser, zu tun, der selbst als Aufwiegler die Todesstrafe erleiden musste. Tara hatte seine Theorie zurückgewiesen, als er zum ersten Mal diesen Gedanken andeutete, und hatte den Abscheu vor der Todesstrafe mit einem natürlichen Instinkt erklärt. Vielleicht um diesen Instinkt zu wecken, hatte Deng Yao Gyaltsen nach ihrem letzten Treffen Videoaufnahmen von Hinrichtungen geschickt, weinende, um Gnade flehende Menschen, extrahierte Schädelinhalte. Unter den Opfern waren auch Frauen. Trotzdem war Gyaltsen von der Notwendigkeit seiner Maßnahme überzeugt.

Frauen sollten sich nicht mit diesen Dingen beschäftigen. Weder mit Politik im Allgemeinen noch mit Hinrichtungen im Besonderen. Aber im Westen sah man das sicher anders. Dort schreckten sie nicht davor zurück, die Staatsgeschicke in die Hände von Frauen zu legen; was für eine absonderliche Idee das war, selbst zu Henkerinnen hatte man in Europa Frauen ausgebildet.

»Das hat damit nichts zu tun«, antwortete Gyaltsen nach einer langen Pause. Tara schüttelte den Kopf.

»Du bist ein mächtiger Mann und tust so, als ginge das dich nichts an.«

»Wer sagt, dass ich ein mächtiger Mann bin?«

»Alle. Dein Bild ist ständig in der Zeitung. Man sieht dich öfter als Mao Tse-tung.«

»Mao ist ja auch schon ein paar Jahre tot.«

»Ich weiß, ich habe ihn gesehen. Er liegt ganz friedlich auf dem Rücken und sieht aus, als hätte er noch nie ein Wässerchen getrübt.«

In Wahrheit hatte Tara zwei Stunden in der Kälte angestanden, bis sie durch die Sicherheitsschleusen gelotst wurde, die an allen Ecken des Tianmen Square den Einlass regelten, weitere dreißig Minuten zwischen drängelnden chinesischen Touristen in der Schlange vor dem riesigen Gebäude, in dem der Tote lag und Besuch empfing. Dann hatte es ihr gereicht, und sie hatte kehrtgemacht, war zwei Kilometer in die falsche Richtung gelaufen, der Ausgang auf der anderen Seite war gesperrt, in der Mitte des Platzes standen Plastikblumen von den letzten Festlichkeiten, alles war pastellfarben und in Smog gehüllt. Als sie über die hüfthohe Metallverstrebung kletterte, die den Platz von der Straße trennte, war ein Polizist mit Trillerpfeife auf sie zugerannt, dem sie nur knapp entkam. Tara hatte das restliche Touristenprogramm gestrichen und sich den Rest des Tages mit Reiscrêpes versüßt.

»Was heißt das?«

Sie lächelte und konzentrierte sich.

»Er sieht aus, als sei er ein guter Mensch gewesen.«

Gyaltsen nickte.

»Ja, die Liebe zu Mao ist ungebrochen. Die Chinesen verehren ihn. Er wird angebetet.«

Tara wusste, dass Mao sich gebrüstet hatte, 46 000 Gelehrte ermorden haben zu lassen, im Vergleich zum ersten Kaiser Chinas, der nur 460 Gelehrte lebendig begraben ließ.

»Diese Menschen sind Verbrecher, die Justiz hat das so entschieden. Sie haben gestanden, ich habe mir jeden Fall angesehen.«

»Die Geständnisse wurden vielleicht erpresst.«

Gyaltsen selbst hatte neue Richtlinien zur Befragungstechnik erlassen, in denen er unter anderem die Notwendigkeit der Empathie bei der Befragung betont hatte. *Wert und Notwendigkeit des Mitleidens müssen bei jedem Befragungsschritt klar zutage treten: Vergießt der Delinquent eine Träne, so soll der Befragende zwei vergießen. Im tiefen Gefühl der Sorge um das, was als Nächstes passiert, muss der Befragende dem Befragten voraus sein …*

»Dafür gibt es keinen Anhaltspunkt.«

Außerdem, selbst wenn, hieß das ja noch lange nicht, dass die Ergebnisse falsch waren.

»Warum berührt dich das Schicksal dieser Schwerverbrecher? Warum bittest du mich nicht stattdessen, etwas für die Familien ihrer Opfer zu tun?«

Tara schwieg. Vielleicht war sie die Sache von der falschen Seite angegangen. Tara formte mit den Händen eine Raute und umfasste Kinn und Nase damit, eine kryptische Geste der Ratlosigkeit, die Gyaltsen nicht zu deuten wusste. Ein Bediensteter schob einen Wagen mit Essen in den Raum, gebratener Lachs, Lachshaut, Reis, Gemüse, dazu alkoholfreies Bier. Eine Gedankenlosigkeit, beiden war nicht nach Essen zumute. Es war ein Fehler gewesen, dass er ihr erlaubt hatte, an diesem Tag noch herzukommen.

»Und was ist mit dem anderen?«

Gyaltsen schüttelte einmal mehr verärgert den Kopf.

Europäer und Amerikaner waren sich vielleicht doch zu ähnlich.

»Bist du nicht neugierig?«

»Warum sollte ich auf einen Hochstapler neugierig sein?«

Sie zuckte mit den Schultern.

»Wenn man seinen Feind kennt, kann man ihn bekämpfen.«

Das klang wie ein Kalenderspruch aus einem billigen Restaurant auf der Dongzhimen Road. Gyaltsen sah die schlecht getuschten Schriftzeichen und glitzernden Blümchen vor sich.

Gyaltsen setzte ein verständnisvolles Lächeln auf. Sie wollte ihm helfen, das zeigte ihr gutes Herz, auch wenn sie von vielen Dingen nichts verstand.

»Ich habe keine Feinde. Du musst um mich nicht besorgt sein.«

»Aber du hast doch irgendetwas vor? Du hast gesagt, es wäre besser, wenn es ihn nicht gäbe.«

Gyaltsen nickte.

»Das Problem ist bloß, du kannst ihn nicht einfach erschießen lassen wie diese Verbrecher, oder doch?«

»Vielleicht lade ich ihn einmal zu einer Limonade ein.«

Möglicherweise musste Gyaltsen sich ihr offenbaren,

wenn er sie nicht verlieren wollte. Das Staatsorakel hatte zweimal ihre besondere Rolle für das Gelingen seiner Pläne betont. Es war Zeit, sich umzuziehen, in zehn Minuten würde man ihn abholen. Er würde nicht mit der Wimper zucken. Was geschehen würde, war schon geschehen.

»Es gibt einige Dinge, von denen du nichts weißt. Dinge, die außer mir niemand weiß. Wenn du im Land bleibst, wirst du in den nächsten Monaten erstaunliche Dinge erleben.«

Tara antwortete nicht.

»Verstehst du, was ich dir sagen will?«

Tara nickte. Sie war ihrem Ziel sehr nah.

»Tibet wird wieder frei sein.«

Wenn die Raupe erwacht
hat die Welt sich verändert
nur noch im Traum zernagt sie das Blatt

24

Das neue Stadion von Lhasa auf 3490 Metern war eines der höchstgelegenen der Welt. Es fasste mehr als 20 000 Menschen, und sein Spitzname lautete Vogelnest, wie der des Olympiastadions in Peking.

Gyaltsen trug einen schlichten Wintermantel und eine Mütze mit Ohrenklappen, er wandte den Blick kurz nach oben. Kein einziger Vogel, keine Möwe, keine Wolke. Die Bänke waren dicht besetzt. Vor den Eingängen verkauften Straßenhändler gegrilltes Fleisch und Magnetpins des Stadions en miniature. Deng Yao hatte einen dieser Anstecker an seinen Mantelkragen gepinnt und hielt sich die Hand vor den Mund. Er war blass, vielleicht hatte er etwas Verdorbenes gegessen, garantiert hatte er zu viel getrunken. Gyaltsen sah hinunter in die Mitte des Ovals. Die zwanzig Männer standen in einer Reihe auf dem Spielfeld und bewegten sich nicht. Es waren ausschließlich schon vor seiner Kampagne zum Tode verurteilte Schwerverbrecher und Mörder, Vergewaltiger und Totschläger. Einer hatte das Haus seines Nachbarn angezündet, wobei zwei Kinder verbrannt waren, ein anderer seine Tante und seinen Onkel langsam mit verunreinigten Medikamenten vergiftet. Gyaltsen war der Meinung, dass es sich um Menschen handelte, die es verdienten, dass man ihnen die Schädeldecke wegschoss. Außerdem hatten Gerichte das so entschieden.

Gyaltsen dachte an Taras weiße Haut, die er eben noch

mit den Fingerspitzen berührt hatte, als er die Hand hoch über den Kopf hob. Die Männer fielen den Bruchteil einer Sekunde bevor das Geräusch der Schüsse erklang. Der Schall war langsamer als der Tod. Aber vielleicht war das eine Täuschung, weil man sah, was man wusste. Der Himmel über dem Stadion blieb leer, kein Vogel flog auf. Was geschehen würde, war schon geschehen.

TEIL VI
USA/CHINA

25

*Alle Wesen waren meine Mütter.
Auf dass sie die Buddhaschaft erlangen mögen,
will ich beständig den erleuchteten Geist entwickeln,
indem ich mich allen Tuns enthalte, das Schaden bringt,
nur das tue, was recht ist, und zum Wohle anderer wirke.*
Bodhisattva-Gelübde

Der Dalai Lama hatte von einem Treffen in Dharamsala Abstand genommen, um das Verhältnis zur indischen Regierung nicht zu belasten, denn eine Reise des aus chinesischer Sicht fiktiven Panchen Lama nach Dharamsala hätte möglicherweise zu Verstimmungen zwischen Peking und Neu-Delhi geführt.

Stattdessen traf man sich nun diskret auf amerikanischem Boden in San Francisco, in einer Suite des Ramada Mountain Crown Hotel. Sehr zur Enttäuschung Jonathans, der sich eine glanzvolle offizielle Begegnung ausgemalt hatte, einen Phototermin für die Geschichtsbücher. Mit Zeremonien und reich in Brokat gekleideten Lamas, mit Seide und Blumen geschmückten Altären. Einem Meer von Butterlampen, tantrischen Tänzern und dem Klang großer Hörner, die mit donnernden Stößen die Ankunft des wahren Panchen Lama verkündeten.

Jonathan durchquerte die Lobby. Zwei Mädchen, von denen eine die andere auf einem Skateboard über den polierten sandfarbenen Steinboden durch den Raum schob, kreuzten seinen Weg. In den ersten Wochen nach der Trennung waren ihm die Tage ohne Odile nicht schwergefallen. Er war beschäftigt gewesen, er hatte Aufgaben gehabt. Alles lief in die richtige Richtung. Eine Entscheidung begründete die nächste. Aber manchmal war das Gefühl, dass etwas fehlte, das Einzige, was er gespürt hatte, was in seinen Gedanken Platz gehabt hatte, wenn er mit seinen Mitmönchen durch die von Tannenduft satte Bergluft gewandert war. Schüsse von Jagdgewehren, zurückgeworfen von den Felswänden, der Schrei des Eichelhähers, die Welt auf der Flucht wie ein Eichhörnchen.

Einmal ertappte er sich, wie er anstelle des Mantras, das ihm der Lehrer, bei dem er nun täglich sitzen durfte, vorgegeben hatte, Odiles Namen wiederholte. Der Mönch war schwerhörig oder tat zumindest so. Christians Besuche wurden unregelmäßiger, er treffe Vorbereitungen und arbeite an einigen Artikeln, sagte er am Telephon. Die genaue Zahl der Ordinierten im Retreat war Jonathan nicht bekannt, ständig tauchten Leute auf, die er noch nie gesehen hatte. Reiche Amerikaner, die Zuflucht nahmen oder Ferien machten, hingen allabendlich an der Kletterwand herum. Die Tagessätze waren beträchtlich. Ihre spirituelle Suche finanzierte vermutlich einen Großteil der Kosten. Jonathan ging ihnen aus dem Weg. Um zur wahren Befreiung zu gelangen, war es nötig, sich von Begierden zu lösen, er suchte Mantren mit Silben ohne O und I. Das Wasser des Karpfenteichs wurde von Tag zu Tag glatter, einmal hatte er sein Gesicht erkannt und war rücklings in den Kies gefallen. Die Mönche im Garten hatten herzlich gelacht.

Vor der Rezeption wurde Jonathan von einem unscheinbaren Mann abgefangen, der ihm auf eine ungeheuer diskrete, fast unheimliche Art die Hand gab und sich mit einem Namen vorstellte, den Jonathan sofort wieder vergaß. Wortlos gingen sie zusammen auf eine Wand aus Fahrstühlen zu.

Eine Begegnung mit der irdischen Manifestation des Gottes der Barmherzigkeit, dem Bewahrer des weißen Lotus stand unmittelbar bevor. Der Fama nach umgab den Dalai Lama allezeit eine Atmosphäre der Gelassenheit, Ordnung, der Disziplin und des Strebens nach höheren Zielen. Ein politisch korrekter Gott für eine gottlose Welt, der jedem Erleichterung spendete, ein spiritueller Lehrer, der stärkte, ohne Reue zu verlangen, der tröstete, ohne Buße zu fordern – wie es in der *New York Times* geheißen hatte. Alle unwürdigen Gefühle würden in seiner Gegenwart schwinden, nur schwer könne man sich der Ergriffenheit erwehren, der Leichtigkeit und Ernsthaftigkeit seiner Person entziehen. Und vielleicht wäre das so gewesen in Dharamsala, vor dem Hintergrund der steilen Gipfel des Dhaulladar-Massivs umgeben vom Duft wilden Jasmins.

Stattdessen roch es nach Filterkaffee, nach einem Gemisch aus Parfums und Reinigungsmitteln, ungewöhnlich für ein Hotel dieser Klasse.

Jonathan war unruhig und fühlte sich nicht wohl, seine Kopfhaut juckte. Er litt wieder unter einer leichten Neurodermitis. Er repetierte einen Satz von Buddha Gautama: *Und was, ihr Mönche, ist Nichtwissen? Was da die Nichterkenntnis des Leidens, die Nichterkenntnis der Entstehung des Leidens, die Nichterkenntnis der Aufhebung des Leidens, die Nicht-*

erkenntnis des zur Aufhebung des Leidens führenden Pfades ist, das nennt man, ihr Mönche, das Nichtwissen.

Der unscheinbare Assistent öffnete mit einer Karte die Tür zur Suite. Er schob Jonathan mit sanftem Druck in den Raum, blieb selbst draußen stehen und schloss hinter ihm die Tür.

Der Dalai Lama kam lächelnd und mit leicht ausgebreiteten Armen auf ihn zu. Zwei junge Frauen mit Kurzhaarschnitt saßen in bunten Sommerkleidern an einem Tisch und spielten Go, ein chinesisches Brettspiel mit linsenförmigen schwarzen und weißen Steinen. Beide waren barfuß, und beide waren außerordentlich schön. Einen Moment lang befand Jonathan sich im freien Fall oder wühlte sich durch Mauern aus schwarzem Pappmaché wie im Traum, kurz vor dem Erwachen.

Sie hatten aufgeschaut, ihm freundlich, aber unverbindlich zugelächelt und sich dann wieder in das Spiel vertieft. Ein wirkungsvolles Mittel zur Beruhigung der Begierde war die Kontemplation der Bestandteile des Körpers. Blut, Muskeln, Fettgewebe, Schleim und Kot. Wenn man sich diese unumstößlichen Tatsachen des Leibes vor das geistige Auge führte, war man schon einen entscheidenden Schritt weiter; die schweren Knochen, die trägen, oft wabbeligen, irgendetwas Undefinierbares absondernden Organe. Trotzdem blieb das Gefühl, dass irgendwo da draußen oder im Souterrain ein großes schwarzes Tier existierte, eine Hündin mit glänzendem Fell, die einem zugetan war, mit der man aber nicht spielen durfte. Es war verwirrend.

Jonathan fand keine Worte, und auch der Dalai Lama sagte lange nichts. Es war so still hinter den dicken Scheiben, dass man das leise Surren der Klimaanlage hörte und ab und an das satte Klacken, wenn eine der Frauen einen Spielstein aus (schwarzem) Schiefer oder (weißem) Muschelkalk auf dem Spielbrett platzierte. Sie saßen in schweren Ledersesseln, zwischen sich einen Tisch mit einer Platte aus creme- und türkisfarbenem Onyx. Jonathan glaubte in den Maserungen des Gesteins die Landkarte Kamtschatkas zu erkennen, die ihm von einem Computerspiel in Erinnerung geblieben war. Sehr langsam bewegten sich die winzigen Autos auf der Oakland Bridge. Vielleicht standen sie auch die meiste Zeit still.

Auf der Tischplatte erschien Jonathan nun plötzlich das greise feiste Mördergesicht des uralten Pinochet, umrahmt von dessen rotgrauer Operettenuniform. Wieso hatte sich der Dalai Lama für ihn eingesetzt, als ein spanischer Staatsanwalt es geschafft hatte, ihn in Großbritannien festsetzen zu lassen? Warum engagierte er sich für so einen Schlächter?

Auch der Dalai Lama sah alt aus, seine Augen waren verquollen, sein rechter Augapfel kaum zu sehen, und er wirkte abwesend auf Jonathan. Einen Moment lang hatte er den Verdacht, dass der Dalai Lama jeden Augenblick wegdämmern konnte. Wie Jonathan wusste, passierte das beträchtlich jüngeren Menschen, wenn die Situation danach war. Vielleicht stellte er sich aber auch nur schlafend, weil ihn Jonathans Gedankengänge verärgert hatten und er ein Gespräch nun für sinnlos hielt.

Vier Arten des Anhaftens gab es: das Haften an sinnlichen Begierden, das Haften an falschen Ansichten, das Haften an Ritualismus, das Haften an der Lehre vom Ich. Sechs Arten des Durstes gab es: den Durst nach körperlichen Formen, den Durst nach Tönen, den Durst nach Gerüchen, den Durst nach Säften, den Durst nach Tastungen, den Durst nach Vorstellungsobjekten. So stand es in der Erklärung der zwölf Ursachen des Werdens.

Sorgen machte ihm das Tibetische, er hatte das Gefühl, dass er das nie erlernen werde. Viel mehr als: Nga bod'pa yin, Ich bin Tibeter, war noch nicht in seinem Kopf und seinem Kehlkopf angekommen.

Auch hier hatten seine kostbaren Lehrer ihn beruhigt, er solle keine Wunder erwarten und er solle seinen Kopf arbeiten lassen, ohne ihn durch sein zweifelndes Ego daran zu hindern. Eines der Mädchen sagte: »Atari!«

Unvermittelt richtete der Dalai Lama sich auf, klatschte in die Hände. Die Steinoberfläche des Tisches warf Wellen, und Pinochets Gesicht verschwand.

»Da sind wir also!«

Der Dalai Lama legte den Kopf schief und strahlte. Jonathan war sich nicht sicher, ob er bei der plötzlichen Wachheitsbekundung des Dalai Lama zusammengezuckt war. Er nickte sehr langsam und versuchte ein Lächeln.

Der Dalai Lama fuhr fort: »Wo fangen wir an? Was machen wir jetzt mit Ihnen?« Und als Jonathan nichts erwiderte: »Das werden sich die Chinesen vielleicht auch damals gefragt haben.«

»Besonders viel ist ihnen nicht eingefallen. Jedenfalls wollten sie mich nicht im Land behalten.«

Jonathan war froh, dass er endlich die Sprache wiedergefunden hatte. Es war nicht notwendig, dass man etwas Kluges sagte. Es war nur notwendig, dass überhaupt gesprochen wurde.

»Kann Erleuchtung durch plötzliche Eingebung erlangt werden, oder ist das nur durch hartnäckiges Streben möglich?«

Der Dalai Lama erwartete keine Antwort und hob mahnend die Hand.

»Wir in Tibet neigen eher der zweiten Auffassung zu. Aber vielleicht muss man in Ihrem Fall eine subitistische Ausnahme machen.«

Der Ozean der Weisheit schloss kurz die Augen und summte und brummte ein wenig. Eine der Frauen im Hintergrund rieb sich mit dem Fußrücken über den Wadenmuskel, wobei ein kleines, kostbares Geräusch entstand.

»Jonathan, wie sehen Ihre Pläne aus?«

Jonathan fand es befremdlich, dass der Dalai Lama diesen Namen benutzte. Ihm war, als hätte er unerwartet auf eine Bittermandel gebissen.

Bei Jesaja stand: Mach einen Plan, er wird zunichte. Es war eine Lieblingsstelle seiner Großmutter gewesen, mit der sie zuweilen auf die Ambitionen der Menschen im Allgemeinen und die seiner Eltern im Besonderen reagiert hatte.

»Ich werde versuchen, so viel wie möglich zu lernen.«

Jonathan schämte sich sofort für diesen Satz, der hohl

und scheinheilig klang. In Wahrheit hatte er beträchtliche innere Widerstände gegen das Lernen, die Rituale, das Beten, das Auswendiglernen, Repetieren, die gelenkten Diskussionen.

»Und ich möchte nach Tibet zurückkehren.«

Sein allergrößter Wunsch war, das Land, aus dem er stammte und in dem er gelebt hatte, wiederzusehen. Irgendwann musste es Gerechtigkeit geben für all die Verschwundenen und Ermordeten. So etwas hatte er eigentlich sagen wollen.

Der Dalai Lama runzelte die Stirn und blickte zu Boden, umspannte die Stirn mit der linken Hand.

»Ah, das ist gut. Nach Tibet zurückkehren, das möchte ich auch, sehr lange schon. Ich habe mich immer gefragt, was das Beste für Tibet ist. Leider hat das nicht immer zu den besten Ergebnissen geführt.«

Jonathan nickte etwas zu energisch, und der Dalai Lama sah ihn ob dieser Anmaßung verwundert an.

»Ich bin ein Häuptling im Krieg. Meine Waffe ist die Friedfertigkeit. Trotzdem bin ich ein Häuptling im Krieg. Manchmal denke ich, ich habe die falschen Waffen gewählt. Sie haben Ihre Freundin verlassen?«

»Wir haben uns getrennt.«

»Ach so. Ich dachte, Sie hätten sie verlassen. Vielleicht müssen Sie bald nach Indien, man hat dort ein Kloster gebaut, ein Kloster für den Panchen Lama. Vor langer Zeit. Aber das wissen Sie ja sicher. Das verwirrt Sie alles, die Situation, die neuen Anforderungen, das Warten, aber das ist ganz natürlich, ich bin auch verwirrt, wir sind alle verwirrt.«

26

Nachdem Jonathan gegangen war, stand der Dalai Lama lange da und drückte seine Stirn gegen die kühle Fensterscheibe. Er mochte diese Stadt mit ihren Seelöwen, die an Land kamen, um die Touristen mit ihrem Anblick zu füttern, mit ihrer stolzen homosexuellen Community, deren Mitglieder danach trachteten, den Mainstream in allen Belangen zu übertrumpfen, sei es im Ausleben und der Zurschaustellung von Leidenschaften, in der ehrgeizigen Aufzucht von Kindern oder der Religionsausübung.

Er war nach wie vor sehr müde. Der Tee hatte keine Wirkung mehr entfalten können. In der Scheibe sah er sein geschwollenes Auge, und er sah die Dämmerung aufziehen und den Tag weichen. Er blickte in Richtung Tibet. Zwischen ihm und Tibet lag nicht nur der Pazifik, sondern auch China mit seinen Hunderten von Millionen Chinesen.

Er würde Tibet nicht mehr erreichen, er war wie Moses. Er erinnerte sich an einen alten Bibelfilm aus den fünfziger Jahren. Charlton Heston teilte das Rote Meer mit einem hocherhobenen Stab. Moses führte sein Volk aus der ägyptischen Gefangenschaft.

Der neue Pharao saß in Peking und wechselte nun alle acht Jahre die Maske. Fünf Pharaonen hatte er erlebt. Mao Tse-tung, Deng Xiaoping, Jiang Zemin, Hu Jintao, Xi Jinping, es war wie ein grauenhaftes Mantra. Die Chinesen hatten ihr Staatswesen perfektioniert, Führerkult, Paramilitarismus, eine Politik des Spektakels, Vermischung von Partei und Staat, Oberklassenherrschaft. Sie hatten dem Faschismus die Krone aufgesetzt, indem sie es tatsächlich schafften, unblutige Führerwechsel zu vollziehen. Das war einzigartig in der Geschichte. Sie schienen wirklich mehr und mehr unschlagbar und traten dementsprechend auf. In Nordkorea hielten sie sich einen irren Hofnarren und behaupteten, nichts mit ihm zu tun zu haben. Dereinst würden sie in letzter Sekunde die Welt vor ihm retten, und dann wäre ihr Machtanspruch ohne Beispiel.

Ein kleines verlorenes Volk mit einem blinden Führer spielte in solchen Zusammenhängen keine Rolle mehr. Blindheit war nicht die schlimmste Gefahr eines hohen Alters. Was Jonathan anging, hätte der Dalai Lama am liebsten noch einmal sein Staatsorakel befragt, aber Thubten Ngödrup war nicht in bester Verfassung, man fürchtete um seinen Verstand.

Die Besuche der Schutzgottheit Dorje Dragden im Körper des Orakels kosteten viel Kraft und raubten Lebensenergie. In den letzten Jahren waren Ngödrups Antworten immer unbrauchbarer geworden. Manchmal hatte er nicht zu deutende Kinderzeichnungen abgeliefert, manchmal kryptische Sätze notiert, die sich nach längerer Recherche als Zitate aus indischen Comics erwiesen, obwohl Zeichnen und Schreiben früher nicht zu seinem Repertoire in der Trance gehört hatten und mit dem vierzig Kilogramm schweren Ritualgewand auch schwer zu verwirklichen waren. Oder er sang seltsame Liedzeilen in einem unverständlichen Englisch, die sich dann als Bruchstücke aus der britischen Hitparade herausstellten.

Vielleicht hatten auch damals, zur Zeit der Proklamierung des Jungen und dessen anschließendem Verschwinden, die Antworten des Staatsorakels zu falschen Entschlüssen geführt. Was das anging, hatte der Dalai Lama sich nie mit dem, was passiert war, abfinden können.

Über Jonathan Daguerre, der wieder Chökyi Nyima werden wollte, hatte man dem Dalai Lama umfassend Bericht erstattet. Über seine Schwierigkeiten beim Begreifen religiöser Texte, sein Unverständnis buddhistischer Gedanken, seine Lernschwierigkeiten, was das Tibetische betraf, seine mangelnde Auffassungsgabe, was philosophische oder religiöse Fragestellungen anging. Man unterstellte Jonathan die Aufmerksamkeitsspanne eines Zwölfjährigen von heute. Man hatte dem Dalai Lama auch nicht Jonathans Neigung zum Drogenmissbrauch und seine Affäre mit einer verheirateten Frau verschwiegen, ebenso wenig wie seine Rallye durch die Therapeutenpraxen des Staates Kalifornien.

Zu allem Überfluss war Jonathan bei allen Selbstzweifeln manchmal sehr von sich eingenommen. Der Dalai Lama hatte Jonathans Hochmut gleich gespürt; wie Barack Obama schien dieser Junge vor nichts und niemandem Demut zu empfinden, gab sich aber zuweilen einen anderen Anschein, um zu gefallen.

»Ich muss mich kurz hinlegen und ich brauche meine Augentropfen.«

Die beiden Mädchen unterbrachen ihre endlose Partie und führten den Dalai Lama zu seinem Bett.

Es war spät. Um halb vier Uhr morgens würde er wie immer aufstehen, ein wenig lesen, dann aufs Laufband, wie die Ärzte es ihm empfohlen hatten. Nachrichten hören, Haselnussmüsli, Tantra, aus dem indischen Himalaya-Vorgebirge eingeflogene Milch.

Er war wie Moses. Der Dalai Lama erinnerte sich an ein gemeinsames Essen mit Charlton Heston bei Ronald Reagan – oder bei George Bush? Da war er sich nicht sicher. Moses, nein, er fühlte sich gerade eher wie ein alter Berggorilla. Er hatte eine Patenschaft übernommen, irgendwo in Afrika. So sah er die Zukunft: Die Tibeter in chinesischen Zoos. Er hätte sich auch keine Gesetzestafeln diktieren lassen, eine primitive Vorstellung von einer Gottheit, die Regeln auf Tontafeln schreiben ließ, oder waren es Steintafeln? Seine Gedanken vagabundierten, ein Zeichen der Müdigkeit. Die Zukunft der Tibeter lag in den Zoos der Chinesen. Daran würde auch dieser junge Surfer nichts ändern können, Panchen Lama oder nicht. Manchmal sah er die Dinge zu dunkel, damit er danach jeden noch so kleinsten Lichtfunken ausmachen konnte.

Der Dalai Lama rechnete mit allem Möglichen: Er würde erblinden.

Seine eigenen Leute würden kommen, ihn zu töten; die Anhänger von Dorje Shugden oder die jungen Radikalen von der Tibet Defense League. Möglicherweise auch die Häscher seines Zöglings und Freundes, des Karmapa. Auch der Patriarch von Russland, Kyrill I., der Offizier des Geheimdienstes war und ihn aufgrund der Weissagung, der nächste Zar werde sich zum Buddhismus bekennen, persönlich hasste, trachtete ihm nach dem Leben.

Alles würde ohne ihn weitergehen. Das war das Schicksal des Menschen. Die Städte Tibets würden im Blut ertrinken. Die Dämonen unter der Erde würden sich im Schlaf mit diesem Blut stärken und schließlich erwachen. Dann würden auch die Städte Chinas brennen und die Menschen und die Tiere im Qualm ersticken.

Mensch und Tier würden zugrunde gehen, und ein neues Weltzeitalter würde beginnen.

Es wäre notwendig, das Kala-Chakra, das Rad der Vernichtung, in Bewegung zu setzen, damit endlich wieder etwas geschah. Nichts war schlimmer als dieser Stillstand.

27

*Der Healing / Lamo Pavo /
Wangchuk sieht / gern fern*
Buddhas Kinder – Kindheit und Jugend
im tibetischen Exilkloster

Einen Monat später öffnete Christian Bang die Tür zu Jonathans neuem WG-Zimmer in Milbrae, einem Vorort in der Nähe des Flughafens von San Francisco. Überall auf dem Boden des kleinen Raumes lag Wäsche herum, in einer Ecke stand ein kurzes Surfbrett, und daneben gab es einen kleinen Buddhaschrein, unter anderem mit einem auf dem Kopf stehenden Photo des Dalai Lama. Neben dem Bett standen leere Bierflaschen und ein voller Aschenbecher.

Auf einem Tischchen in einer Ecke lag wie hingeworfen ein wertvoller Reiseschrein, den Jonathan vom Dalai Lama zum Geschenk erhalten hatte. Ein Bote hatte ihn eigens ins Retreat gebracht, mit den besten Wünschen von Tenzin Gyatso. Danach hatte Jonathan nichts mehr vom Dalai Lama oder seinem Büro gehört, trotz der kryptischen Herzlichkeit, mit der sie sich verabschiedet hatten; von einer Reise, einem Aufenthalt in Indien im besagten Panchen-Lama-Tempel war nicht mehr die Rede gewesen.

Die Dinge waren nicht gerade ideal gelaufen, so hatte Jonathan das am Telephon Christian gegenüber ausgedrückt.

Zunächst hatte Jonathan es als lebender Buddha nicht mehr eingesehen, ernsthaft seine Studien fortzusetzen, und in der Folge auch seine Tibetisch-Stunden vernachlässigt. Nach Jonathans Zusammentreffen mit dem Dalai Lama hatte sich die Stimmung zwischen Jonathan und den anderen Seminaristen und seinen Lehrern und Mitmönchen unmittelbar verschlechtert. Es gab eine merkliche atmosphärische Veränderung. Jonathan hatte den Eindruck gehabt, dass man ungeniert auf Distanz zu ihm ging, ihn, ohne es auszusprechen, in Frage stellte, und das provozierte ihn, sich noch unbekümmerter zu verhalten.

Zum Eklat war es gekommen, als Jonathan sich nach einer Feuer-Puja in der Gemeinschaft buddhistischer Nonnen mit einer der Frauen auf sein Zimmer zurückzog. Jonathan hatte sie bei der schier endlosen Zeremonie lange betrachtet. Dann war ihm aufgegangen, dass er sie in der Hotelsuite des Dalai Lama gesehen hatte. Irgendwann bemerkte sie, dass Jonathan sie anstarrte. Nach der Feuer-Puja kam sie auf ihn zu, streckte ihm die Hand entgegen und sagte: »Ich bin die Schwester.«

Zunächst hatte Jonathan das für eine ihm unbekannte Begrüßungsformel einer buddhistischen Nonne gehalten, aber sie klärte ihn auf, ihr passiere das oft, dass jemand ihre Zwillingsschwester kennengelernt habe und dann auf sie treffe.

Beim anschließenden Essen war man sich nähergekommen, und irgendwann hatte Shalini aus dem Nichts heraus gesagt: »Seit mein Kopf rasiert ist, denke ich nur noch an Sex.«

Sie hatte ein Keuschheitsgelübde abgelegt, sagte aber, sie halte nicht viel von Ritualismus und vertraue mit Buddha lieber ihrem eigenen Verstand und ihrem Körper. Sie spüre tantrische Bedürfnisse und vor allem spüre sie auch seine, Jonathans, tantrische Bedürfnisse, und es sei bestimmt kein Zeichen von Weisheit, sich dem eigenmächtig, geleitet durch Überlegungen des Ichs oder gar des Über-Ichs entziehen zu wollen. Dass er Odile in ihrem gemeinsamen Liebesnest verlassen hatte, schien ihm Jahre her zu sein, wenn nicht gar Jahrzehnte.

Mit der Nonne hatte er sich in sein Zimmer zurückgezogen und in einem Buch über buddhistische Klöster geblättert und folgende, in der Manier moderner Lyrik gesetzte Bildunterschriften gelesen:

Dakini
die dynamische
Manifestation
der weiblichen
Energie

Der Chöd-Tanz
wird nur von
Frauen getanzt

Die Puja-Pause –
eine seltene
Gelegenheit gar
nichts zu tun

*Ein schöner
Schrein ist der
Stolz einer
jeden Nonne*

Sie hatte Dinge gesagt wie: »Verzeih mir, ich bin nichts als eine unerlöste Gottheit. Ein williges Werkzeug in der Hand des Dharma.«

Die Geschichte war nicht unentdeckt geblieben. Christian hatte den Verdacht, dass sie vielleicht auch nicht unentdeckt bleiben sollte. Aber die Idee, dass er da in eine Falle getappt war, hatte Jonathan am Telephon gegenüber Christian bestritten. Als man Jonathan nahegelegt hatte, das Retreat zu verlassen, lehnte er das mit Hinweis auf seine Stellung ab, worauf man ihm seine Sachen vor die Tür stellte, ihm ein Taxi rief und ihn hinauswarf.

Jonathan befreite sich langsam aus einer Decke, und irgendwie fragte er sich gerade, ob seine Mutter bei seiner Adoption keinen Fehler gemacht hatte. Vielleicht hätte sie besser ein chinesisches Kind adoptiert, denn die Chinesen setzten sich überall durch. Es war nur eine Frage der Zeit, bis die USA einen chinesischstämmigen Verteidigungsminister haben würden. Und er fand, auch daran war irgendwie seine Mutter schuld.

Jonathan war sich nicht sicher, ob er sich nicht in sein Leben vor Christian Bang zurückwünschen sollte. So viele Gewissheiten, die er für wertlos gehalten hatte, waren ihm abhandengekommen, und an die Stelle der alten vertrauten Fragezeichen waren neue, größere und weitaus beunruhigendere getreten. Eine Aura von Auserwähltheit und Bedeutung umgab ihn, aber im Moment schien niemand außer Jonathan selbst diese wahrzunehmen. Jonathan fühlte sich ungerecht behandelt, und er wusste, dass dies die Reaktion und Gefühlslage eines kleinen Jungen war – das machte es nicht besser. Er war wütend, hatte Wut auf sich und Wut auf andere. Ständig hatte man ihm gesagt, er müsse Geduld haben, aber Geduld hatte er genug gehabt, Geduld hatte er gehabt, seit man ihn aus seinem Heimatland verschleppt hatte. Geduld war eine trügerische Währung, je mehr man davon hatte, desto weniger wurde sie wert.

»Was willst du?«

»Dich besuchen.«

»Man zweifelt meine Echtheit an. Als sei ich ein gefälschtes Gemälde oder ein falscher Geldschein. Warum stellt sich niemand auf meine Seite? Warum diese Verleumdungen?«

Christian zuckte mit den Schultern. Das war mit einem Satz nicht zu beantworten.

»Ich bin der 11. Panchen Lama, der wahre 11. Panchen Lama, und was bedeutet das? Nichts. Mir wird kein Respekt entgegengebracht, die Leute tun so, als gäbe es mich nicht. Die Hälfte der Amerikaner, so sie denn eine Ahnung von meiner Existenz hat, hält mich für einen Irren. Vielleicht störe ich den Wohlfühlbuddhismus des Dalai Lama. Richard Gere wollte sich mit mir treffen, plötzlich ist keine Rede mehr davon, dieser Armleuchter.«

»Vielleicht hat das auch mit deinem Verhalten zu tun.«

Christian hatte gar nicht so etwas Oberlehrerhaftes sagen wollen, er lächelte und strich sich durch den blonden Bartansatz, von dessen Zukunft er noch nicht überzeugt war.

»Mit meinem Verhalten? Wie habe ich mich denn verhalten? Ich verhalte mich überhaupt nicht. Der Dalai Lama hat mich sogar aufgefordert, wieder eine Freundin zu haben. Ich glaube, dass der Dalai Lama am Ende ist und ihm dieser ganze Zirkus bald um die Ohren fliegen wird, und dann gibt es nur noch mich.«

Christian zog die Augenbrauen hoch. Jonathans Selbstvertrauen hatte anscheinend noch nicht unter den Rückschlägen gelitten. Das würde auf jeden Fall nützlich sein für die bald folgenden Herausforderungen; Christian Bang war nicht mit leeren Händen gekommen.

»Und trotzdem lässt man mich wie einen verendenden Hund im Straßengraben liegen.«

»Und das Letzte, was du hören wirst, ist das ständige Starten und Landen der Maschinen am San Francisco International Airport, bevor die Müllabfuhr dich einsammelt.«

»Genauso ist es.«

Ja, und in die Schlucht würden sie ihm einen toten Hund nachwerfen, den die Geier bereits im Flug zerfetzen.

»Sagt dir das Rokeach-Experiment etwas?«

Jonathan zuckte mit den Schultern.

»Rokeach hat als Psychiater in den fünfziger Jahren drei Patienten zusammengesperrt, die sich alle für Jesus gehalten haben.«

»Eine großartige Idee.«

»Die Männer ließen sich allerdings von ihren Doppelgängern nicht beirren, hielten sie für unbelebte Maschinen oder verdächtigten sich gegenseitig, verrückt zu sein und sich in einer psychiatrischen Anstalt zu befinden, was ja in der Tat der Fall war.«

»Was willst du mir eigentlich sagen?«

»Du hast eine Einladung nach China erhalten. Gyaltsen Norbu möchte dich kennenlernen.«

28

Alles schlechte Karma, von mir begangen von alters her
Aus meiner anfanglosen Gier, aus meinem Zorn, aus meinem Wahn
Geboren aus meinem Körper, aus meiner Rede, aus meinem Denken
Ich erkenne es jetzt und läutere mich ganz
Buddhistisches Reuebekenntnis

Ein Jeep mit verdunkelten Scheiben und zwei gutgelaunten, in elegante Anzüge gekleideten und erstaunlich jungenhaften chinesischen Sicherheitsbeamten hatte Jonathan und Christian am Airport der Sonderverwaltungszone Hongkong erwartet.

Das Gebäude glich mehr einem futuristischen Bahnhof denn einem Flughafen, grauer, weichgeschwungener Beton, durchsetzt mit blau getöntem Glas von Panoramafenstern und flächendeckend bevölkert von Menschen, die wie Ameisen unsichtbaren Wegen folgend umherliefen.

Hunderte Passagiere standen aufgereiht wie Schulkinder und warteten brav oder zumindest stoisch auf den Check-in oder den zehnten Sicherheitsscan, alles blitzte und blinkte, ein Mädchen lachte den Ameisen zu und machte auf einer überdimensionierten Werbetafel ein Selfie von sich, hielt das Photo in die Kamera, das Bild vervielfachte sich ins Unendliche.

Beim Anblick der Pixel wurde Christian schwindelig. Der Eingang jeden Ladens war durch Beamte gesichert, die mit Elektroschockern am Gürtel gelangweilt auf ihren Stühlen hockten.

Starbucks hatte es auch hier zu beträchtlicher Beliebtheit gebracht, Schulmädchen in pastellfarbenen Sportanzügen und Plateauturnschuhen warteten auf ihre absurden Matcha-Latte und machten auch davon Bilder mit ihren Handys. Christian und Jonathan ließen sich auf Rollbahnen durch das Terminal gleiten. Ein Mann verkaufte aus einem Bauchladen Hunde, die Purzelbäume machen konnten. Jonathan starrte auf die riesigen psychedelischen Plastikaugen. Als sich die Türen des Flughafens öffneten, liefen sie gegen eine Wand warmer feuchter Luft. Auch wenn man das Phänomen kannte, es war immer wieder frappierend.

Als Jonathan in den Jeep stieg, sagte er: »Die Exiltibeter sagen, dass er schon als kleiner Junge gerne Tiere gequält und getötet hat.«

»Die Exiltibeter malen oft den Teufel an die Wand, darin stehen sie den Chinesen in nichts nach.«

Der chinesische Offizier lächelte höflich.

Der erste Eindruck von der Stadt war, selbst wenn man wie Jonathan in L. A. und San Francisco aufgewachsen war, überwältigend.

Alles war grau und rosa und pastellig. Der Smog ließ die Skyline nur erahnen und dämpfte die Farben. Die Fahrt hinein ins Zentrum dauerte ewig, Chinesen auf Elektrorollern schlängelten sich durch den Stau, ein leichter Nieselregen setzte ein, die endlosen Wohnblöcke und Wolkenkratzer reflektierten trotz Vernebelung das Licht, dessen Tönung ständig wechselte, von Gelb zu Blau zu Grau. Die glattpolierten Gesichter auf den Werbeschildern waren dank Photoshop perfekt inszeniert. Wasserfälle, Bootsfahrten, das neueste Weibo-Handy. Nur in den Seitenstraßen, in die Jonathan ab und an einen Blick erhaschte, glommen noch die altmodischen roten Werbeschilder, die nur aus Schrift bestanden und winzige Imbisse markierten.

Für Christian war Hongkong ein gewohnter Anblick, er mochte die wahnwitzige Stadt, die nach und nach, was Größe und wirtschaftliche Bedeutung anging, von den boomenden Städten Chinas in den Schatten gestellt wurde und nun überraschenderweise seit der Übernahme durch die Volksrepublik China eine gewisse Anciennität behielt (als dienstälteste Boomstadt Asiens und geprägt durch das Ancien Régime der Briten).

Am jährlich gefeierten, vom Handel initiierten Tag der Singles blinkte und leuchtete alles, als seien die Menschen Insekten, die mit Lumineszenz ihre Paarungsbereitschaft signalisieren wollten. Niemand sollte allein bleiben im Leben, das war nicht gut für die Gemeinschaft und den Umsatz. Die Kunst der Amnesie, Harmonie mit Onkel Xi – all das stand auf dem großen allgemeinen Lehrplan der Völker Chinas.

Christian fieberte der Begegnung mit Gyaltsen Norbu entgegen. Er hatte keine Ahnung, wo genau das Treffen stattfinden sollte, er war sehr angespannt und hatte seine Aufregung im Flugzeug mit einigen Gin Tonics bekämpft sowie prophylaktisch Naratriptan eingenommen, ein Migränemittel, das den Seratoninhaushalt beeinflusste, eine leichte Kontraktion der Blutgefäße im Gehirn bewirkte und das sich, wie Christian herausgefunden hatte, sehr wirksam zur Bekämpfung von Kopfschmerzen und Katersymptomen im Allgemeinen erwies.

Über Gyaltsen Norbu war nicht viel bekannt, er war noch nie von einem westlichen Journalisten interviewt worden, angeblich sprach er aber fließend Englisch. Christian hoffte auf seine Chance und spekulierte auf die Eitelkeit des Panchen Lama und Governeurs der Provinz Tibet.

Meist wollten Politiker nicht nur etwas erreichen, sondern legten es auch darauf an, so viel wie möglich darüber zu sprechen; das war eine Art Naturgesetz, auf das Christian ganz positivistisch vertraute.

Er wollte fragen, was es mit der Amnestie auf sich hatte, von der in China hinter vorgehaltener Hand gesprochen wurde und die sämtliche Korrespondenten vor ein Rätsel stellte. War tatsächlich die Freilassung ausnahmslos aller politischen Gefangenen des Autonomen Gebiets Tibet geplant, und welche Rolle spielte Gyaltsen Norbu dabei? Der Dalai Lama hatte in fünfzig Jahren gar nichts erreicht, und jetzt schien die Veränderung aus Tibet, aus der Partei und aus der Institution des Panchen Lama selbst zu kommen. So eine Maßnahme war ohne die Unterstützung der Führung in Peking schlicht nicht vorstellbar. Vielleicht war es aber auch nur ein Ablenkungsmanöver, vielleicht hatte man längst alle Gefangenen in die Nachbarprovinzen überführt, wo sowieso die meisten tibetischen Dissidenten einsaßen.

Fingerspitzengefühl, Einfühlungsvermögen, äußerste Vorsicht und Höflichkeit wären vonnöten; Christian wusste, dass diese Eigenschaften nicht unbedingt seine Stärken waren. Aber es kam alles etwas anders. Oder wie Jonathan es ausgedrückt hätte: Es lief nicht ganz so perfekt.

Nachdem man lange durch surreal anmutende Straßenfluchten gefahren war, in denen sich am Fuße der Hochhäuser Hütten mit Garküchen und Barbecues, Nagelstudios und Klamottenläden mit den neuesten gefälschten, echten und halbechten Chanel- und Gucci-Kollektionen aneinanderreihten, lief ihnen ein Kind vor das Auto, dessen Hose am Hintern offen war, so dass es jederzeit und überall seine Notdurft verrichten konnte; eigentlich war es für dieses typisch chinesische Kleidungsstück schon viel zu alt. Dem Fahrer gelang es, im letzten Moment zum Stehen zu kommen. Christian verzog das Gesicht. Die Mutter riss den Jungen an sich, warf dem Fahrer oder dem ganzen Auto einen bösen Blick zu, als sei das ein gefährliches Lebewesen, was es ja auch war, spuckte ausgiebig auf den Boden und stöckelte davon. Neben ihnen auf dem Fußweg rührte ein Mann in einem riesigen Topf, es dampfte. Irgendwie vergiftete der Vorfall die Atmosphäre im Wagen.

Der Fahrer gab wieder Gas, fuhr schneller als zuvor, die Häuser wurden niedriger, ein paar Altbauten im Kolonialstil, Platanen mit gemaserten Stämmen, die sich entlang der Straße aufreihten. Vor dem schmiedeeisernen Tor eines winzigen Parks, den Christian Bang noch nie gesehen hatte, stoppte der Wagen. Christian wunderte sich, als man ihn bat, auszusteigen, aber er folgte der Anweisung, während Jonathan im Wagen blieb.

Als Christian auf dem Bürgersteig stand, teilte ihm der Chinese, der hier offensichtlich das Sagen hatte, mit, dass

Christian nicht an dem Treffen mit Gyaltsen Norbu, dem 11. Panchen Lama, teilnehmen würde. Sein Gepäck könne im Wagen bleiben, man werde sich wieder bei ihm melden. Offensichtlich fand der Chinese diese Tatsache zumindest amüsant und konnte seine Schadenfreude nicht ganz verbergen. Vielleicht missinterpretierte Christian aber auch nur die formelle Freundlichkeit des Beamten.

Christian Bang war wie versteinert, er ahnte, dass es keinen Sinn haben würde zu diskutieren, deshalb setzte er alles auf eine Karte und sagte: »Dann wird es kein Treffen geben.«

Der junge Chinese lächelte nun offen hochmütig. »Das Treffen wird so stattfinden, wie der Panchen Lama es entschieden hat.«

Christian suchte Jonathans Blick, aber fand ihn nicht, weil Jonathan auf die Jadeperlen der Gebetskette in seinen Händen schaute. Ohne Zweifel hatte er jedes Wort des Dialogs mitbekommen.

»Jonathan?«

Jonathan schüttelte den Kopf.

»Wir sehen uns später.«

Jonathan machte mit der rechten Hand ein Victory-Zeichen, der Chinese schob sanft die Wagentür ins Schloss, und Jonathan verschwand hinter der schwarzen Scheibe.

»Hongkong ist eine sehenswerte Stadt, es gibt tausend Dinge zu entdecken. Oder bleiben Sie gleich hier und schauen Sie unseren Senioren ein paar Stunden beim Tai-Chi zu.«

Es war das letzte Mal, dass Christian Bang Jonathan Daguerre respektive Chökyi Nyima, den vom Dalai Lama bestätigten 11. Panchen Lama, sah.

29

Aus dem Fahrstuhl des Aberdeen Hotel, der seine Fracht, sanft und zugleich in rasender Geschwindigkeit an der Fassade des Gebäudes entlanggleitend, ohne einen Zwischenstopp hundert Meter in die Höhe trug, trat Jonathan durch eine riesige Plastikseerose auf die Dachterrasse. Es war spät am Nachmittag, die Sonne, gedämpft vom Smog, folgte ihrem Bogen über den blassblauen Himmel und senkte sich bereits in Richtung der Skyline.

Er hatte erwartet, dass die Luft weiter oben frisch wäre und klar, als stieße man durch eine tiefhängende Wolkendecke, aber von hier war das Häusermeer unter ihm mit einem weiteren Schleier überzogen. Im Norden konnte man das weite Mündungsdelta des Perflusses erahnen, dort schimmerte es hell.

Rote Lichterketten hingen entlang der Brüstung, die schwach aufglommen, als die Sonne scheinbar abrupt einen Zentimeter weiter sank und halb hinter einem höheren Wolkenkratzer verschwand.

In der Mitte der Dachterrasse hatte man das Ngong-Ping-Plateau von Lantau Island in einem Modell mit zehn mal zehn Metern Grundfläche nachgebildet. Auf dem Gipfel thronte der Tian Tan Buddha, der Buddha des unermesslichen Lichtglanzes, und schaute konzentriert und frohen Herzens im Sinne seiner Erbauer Richtung Peking. Im Original handelte es sich mit 34 Metern Höhe und 250 Tonnen

Gewicht um eine der größten Buddha-Statuen der Welt. Hier hatte man in der gerade einmal einen Meter hohen Figur einen Springbrunnen installiert, der auf Gyaltsens Wunsch ausgeschaltet worden war. Stattdessen hatte man ein Meer von Räucherstäbchen entzündet, die aufgrund des leichten Windes rasch abbrannten und kontinuierlich von zwei Mönchen, die sich allein dieser Aufgabe widmeten, ersetzt wurden.

Der Rauch war gelblich, ein leicht brandiger Geruch hing mit den Smogpartikeln in der Luft und nahm ihr den metallischen Beigeschmack, an den Jonathan sich noch nicht gewöhnt hatte.

Gyaltsen Norbu und Jonathan Chökyi Nyima deuteten eine Umarmung an, und Gyaltsen, der sein Mönchsgewand trug, legte Jonathan einen Gebetsschal um, dann hakte er sich bei ihm unter und begann gemessenen Schrittes die Umrundung der Plattform, deren Sockel mit schwarzem Granit verkleidet war. Der Smog dämpfte auch das Orange der Mönche. Jonathan passte seine Schritte denen von Gyaltsen an.

»Die wichtigste Erleuchtungstechnik ist für mich die Visualisierung der umgebenden Welt als Paradies. Wer seine Welt als Paradies begreift, erweckt dadurch die Erleuchtungsenergie in sich. Ich habe ein Leben hinter verschlossenen Schultoren verbracht, Schulen ohne Mitschüler, ein Leben hinter Klostermauern, auch wenn es kein Kloster war. Meine einzigen Freunde waren meine Lehrer. Aber Lehrer können nie Freunde sein, wie Freunde Freunde sind. Wenn ich dich anschaue, dann sehe ich das Gesicht eines ganz jungen Mannes. Ich sehe eine Anmut und Schönheit, die mir fehlen.«

Jonathan lächelte befangen, während Gyaltsen seinen Oberarm von hinten umgriff und leicht drückte, wie um Jonathans Muskeln zu prüfen. Reflexartig spannte er den Arm an. Sie hatten erst wenige Meter zurückgelegt, trotzdem sah die Stadt plötzlich anders aus, eine Luftspiegelung, eine Fata Morgana, die ihnen zu Füßen lag; Blassrot, Silber, Blau. Jonathan registrierte die Farben und suchte einen Punkt, an den er seinen Blick heften konnte; Gyaltsen hielt noch immer seinen Arm fest.

»Du konntest ein Leben als normaler Teenager leben. Eine Schule mit anderen Kindern besuchen. Du konntest Zeit mit Mädchen verbringen. Eis essen gehen oder tanzen in einer Diskothek. Du konntest ein Auto durch die Straßen fahren. Du konntest mit deinen Füßen laufen, wohin du wolltest, und mit deinem Mund sprechen, zu wem du wolltest. – Ich habe gehört, dass du auf einem Brett stehend auf den Meereswellen reitest.«

Jonathan blinzelte. Eine Welle schwappte gegen das Ufer der Plattform, überrollte die Stadt. Gyaltsen ließ seinen Arm los.

Die weiße Sonnenscheibe war verschwunden. Sie hatten die Umrundung beendet, und Gyaltsen führte Jonathan in einen kleinen Bambus-Pavillon.

Gyaltsen schickte seine Leibwächter weg und goss einen grünen Tee auf. Er hatte auch, wie es seit einiger Zeit seine Gewohnheit war, eine Limonade nach Taras Rezeptur zubereitet, die in großen beschlagenen Gläsern zwischen ihnen auf einem aus Kupfer getriebenen marokkanischen Tablett stand.

Jonathan setzte zu einer Erwiderung an: »Als ich sechs war, wurde ich von meinen Eltern getrennt. Ich hatte einen schweren Unfall, man steckte mich in ein Waisenhaus, dann hat man mich ins Ausland verschleppt. Zu wildfremden Menschen. Ich weiß nicht, ob so eine glückliche Kindheit aussieht. Gott sei Dank erinnere ich mich nicht an viel.«

Gyaltsen Norbu lächelte undurchsichtig, so dass es für Jonathan unklar blieb, ob er verstanden hatte, was Jonathan gesagt hatte. Ein Turmfalke schoss auf der Jagd nach einer unsichtbaren Taube durch den Himmel und kreuzte ihr von roten Tuchbahnen begrenztes Blickfeld.

Gyaltsen richtete seinen Blick selbstbewusst ins Nichts: »Die eigene Welt als Paradies sehen, das kann man nur durch einen entsprechenden starken positiven Gedanken, einen wahrhaftigen Erleuchtungsgedanken, mit dem man allen Wesen Licht sendet, mit dem man für das Glück aller Wesen arbeitet. Das Negative ausblenden heißt, es unsichtbar zu machen. Man braucht einen starken Willen und ein Ziel. Ein Ziel, das man jederzeit loszulassen bereit ist. Ein Ziel, dessen Erreichen einem so wichtig ist, dass man dafür leichten Herzens alles aufgibt, auch das Ziel selbst; alles, was war, und alles, was sein wird.«

Jonathan nickte und rieb sich die Nasenspitze mit Daumen und Zeigefinger. Wer die beiden so, ohne zu wissen, um wen es sich handelte, beieinandersitzen gesehen hätte, hätte geglaubt, es seien zwei Freunde, Brüder vielleicht, im ernsten Gespräch nach langer Trennung und unverhofftem Wiedersehen. Um sie herum blich der Himmel aus, rot blinkten die Lichterketten, als atmeten sie schwer die chinesische Luft ein.

Die Mönche gingen noch immer ihrer Arbeit nach, der Rauch stieg nun fast senkrecht nach oben.

»Vor sieben Jahren saß ich auf einem Mauervorsprung meines Klosters und meditierte vor dem Körper eines toten Tieres. Als ich meine Übung beendet hatte, sah ich plötzlich in der Ferne ein Feuer aufflammen. Ich dachte mir nichts Besonderes dabei. Ich fand es schön. Vielleicht hielt ich es sogar einen Moment lang für ein gutes Zeichen, denn gerade hatte ich begonnen, meine Rolle im politischen Leben wahrzunehmen und für mein Land zu arbeiten.«

Gyaltsen beugte sich ein wenig vor, legte eine Hand an das kalte Limonadenglas und ließ mit der anderen zwei Muskatnüsse durch die Handinnenfläche rollen.

»Am nächsten Tag erfuhr ich, dass ein Mönch sich selbst verbrannt hatte. Er hatte sich anscheinend betrunken, dann mit Benzin übergossen und selbst angezündet. Was ich gesehen und für ein gutes Zeichen gehalten hatte, war das Feuer einer Selbstverbrennung.«

Von draußen hörte man einen geräuschvollen Wortwechsel, anscheinend versuchte jemand Unbefugtes, die Dachterrasse zu betreten, und musste erst davon überzeugt werden, dass das im Augenblick und für die nächste Zeit nicht möglich sein würde.

Jonathan hatte das Bild eines brennenden Mönches vor sich, das er von einem Cover der Band Rage Against the Machine kannte. Das Photo vermittelte nichts von dem

Grauen, im Gegenteil. Es war schön, die Haltung des Mönches, aufrecht sitzend, das Gesicht nicht verzerrt, obwohl der Mann in Flammen stand. Das Grauen musste der Intellekt sich zur Ikone hinzudenken, Saigon 1963. Wenn man nicht gewusst hätte, dass es sich um ein sehr altes Pressephoto handelte, hätte man es für eine perfide Montage halten können.

»Viel später erfuhr ich die genauen Umstände. Weißt du, warum er das getan hat? Weißt du, wie dieser Mönch seine Tat begründet hat? Er hat es getan aus Protest gegen meinen Eintritt in die Kommunistische Partei, aber eigentlich hat er es getan, weil er mich für den falschen Panchen Lama hielt.«

Gyaltsen pausierte, wartete die Wirkung seiner Worte ab, zog die Hand von dem kalten Glas zurück und füllte ihre Schalen noch einmal mit lauwarmem Tee auf.

»Er war selbst an der Suche nach mir beteiligt und hatte sich zeit seines Lebens auf die Idee versteift, dass der vom Dalai Lama lancierte Kandidat der richtige Panchen Lama sei. Er war von dieser Idee so besessen, dass er sich jahrelang nicht davon lösen konnte, auch nicht in der Haft. Ich sollte schuld sein an seinem Tod, er wollte mich ins Unrecht setzen, indem er seinen Körper angezündet hat. – Und als ich gehört habe, dass dieser Junge vielleicht wiederaufgetaucht ist, wollte ich wissen, wer das ist, für den sich in meinem Land Menschen selbst verbrennen. Deshalb sitzen wir uns jetzt gegenüber.«

Jonathan versuchte etwas am Himmel über ihnen auszumachen, einen Stern oder einen Vogel, das Licht schien ihm unnatürlich schnell zu schwinden, aber da war nichts, das dunkle Blaugrau war leer.

»Bist du es wert, dass man sich deinetwegen verbrennt, dass man sein Leben wegwirft, weil man glaubt, den Schmerz deiner Abwesenheit nicht ertragen zu können?«

Jonathan hatte das Gefühl, nicht antworten zu können. Alle Gegenstände, das Teegeschirr, die Gläser, die Tischplatte, die Stoffplanen zwischen dem Bambusgestänge des Pavillons oszillierten, wurden lebendig, bewegten sich, angetrieben von verborgenen Naturkräften. Die Umrisse verschwammen, die Tuchwände warfen Wellen, vielleicht war der andere Luftdruck in diesen Höhen daran schuld, vielleicht der Wind, der plötzlich aufkam. Gyaltsen in seinem Mönchsgewand beeindruckte Jonathan durch die Intensität, mit der er sprach, die Einfachheit seiner Gesten. Es war nicht nötig, Gyaltsens Frage zu beantworten. Natürlich war er es wert, natürlich war der Panchen Lama es wert. Schließlich waren auch schon seine Eltern für ihn gestorben – wenn zutraf, was Christian Bang herausgefunden hatte. Vielleicht konnte Gyaltsen Norbu für Gewissheit sorgen. Vielleicht verbargen sein freundliches Wesen und sein seltsames Lächeln schon ein glückliches Ende. Vielleicht lag hinter diesem sphinxhaften Antlitz auch die Lösung des unlösbar erscheinenden Dilemmas der zwei existierenden Panchen Lamas.

Jonathan kannte dieses Gefühl von Harmonie und Frieden und grenzenlosem Einverstandensein mit sich selbst und der Welt. Ja, vielleicht würde er seine Eltern wiedersehen, aber nichts hatte Dringlichkeit. Er kannte sie ja nicht, nur aus Träumen, er hatte sie ja unbegreiflicherweise vergessen. Jonathan verstand, hätte aber nicht zu sagen vermocht, was er verstand. Er wurde aus der Kurve getragen, aber empfand es nicht als unangenehm, die neue Richtung war das neue Ziel. Gyaltsen beugte sich zu ihm vor und legte beide Hände auf seine Schultern, und Jonathan schloss die Augen.

Als Jonathan die Augen wieder öffnete, war er allein im Zelt. Er erhob sich und bemerkte das leichte Schwanken des Hochhauses, das mit dem Druck seiner Fußsohlen auf den Boden korrespondierte. Das Eis in der Karaffe gab ein kleines Geräusch von sich. Er trat hinaus in das Abendlicht. Gyaltsen stand am Ende der Dachterrasse auf einer Aussichtsplattform mit Panzerglasfußboden über dem Abgrund und schaute in den rosa Streifen eines gedämpften Sonnenuntergangs, drehte sich um und winkte Jonathan zu. Jonathan näherte sich, und das Hochhaus bewegte sich, wie an der Horizontlinie gut zu erkennen war. Der Blick auf die Stadt bewies, dass alle Hochhäuser schwankten, mehr noch, sie begannen, sich wie Seegras zu wiegen. Ein schöner Anblick, es war nichts Beunruhigendes dabei. Jonathan trat zu Gyaltsen auf die Aussichtsplattform. Er hatte keine Höhenangst, es gab auch keinen Grund dafür. Er war ein Indianer, er war immer einer gewesen, nie ein Cowboy. Indianer waren schwindelfrei, sie hatten im Alleingang die ersten Hochhäuser für die Weißen gebaut, als die es in der Nähe des geraubten Grundes, in dem die Knochen ihrer Opfer lagen, nicht mehr ausgehalten hatten und so verrückt danach wurden, ihre Wohnungen weit hinauf in den Himmel zu bauen.

»Ja, es ist beeindruckend, aber hier wohnen die Menschen in Käfigen, in winzigen Käfigen. Man nennt sie Käfig-Menschen. Für einen Tibeter ist das unvorstellbar.«

Jonathan nickte.

»Komm mit mir nach Tibet. Es ist alles vorbereitet. Wir müssen nur in ein Flugzeug steigen, in fünf Stunden sind wir in Lhasa.«

Jonathan schloss die Augen: »Im Flugzeug hatte ich ein bisschen Angst. Es ging immer hoch und runter. Manchmal kamen wir ganz dicht an die Berge heran. Als ich damals mit meinem Großvater wanderte, mussten wir über einen Pass. Dort gab es Hütten, in denen man Tee trinken konnte. Und die Flugzeuge flogen zum Anfassen nahe vorbei. Jetzt habe ich diesen Ort von oben gesehen. Ich erinnere mich genau, wie wir da entlangliefen. Ja, ich habe uns gesehen. Das Wetter ist dort sehr klar. Die Luft meiner Heimat. Das Tal ist eng. Der Wildbach rauscht. Eine kleine Holzbrücke verbindet die Ufer. Vier Meter über dem Wasser, über uns der Himmel zwischen den Berggipfeln. Es ist alles einfach. Wir setzen einen Fuß vor den anderen. Ich kann atmen, ich atme. Wir sprechen Gebete. Krähen schreien. Zum Wohl aller Wesen. Jeder kleine Stupa verdient unsere Gebete. Mögen wir die Buddhaschaft erlangen, so endet unser Gebet. Die Yaks sind von guter Gesinnung. Die schönsten Tiere der Welt.«

Alles schien möglich. Vielleicht würden sie zusammen Tibet regieren. Vielleicht. Jonathan lächelte, denn er sah etwas, das unmöglich real sein konnte. Am ehemaligen Flughafen Kai Tak landete ein großer, freundlicher Drache, und Jonathan wusste aus irgendeinem Grund, dass dieser nonstop von Wales hierhergeflogen war.

Gyaltsen sah Jonathan fragend an, als er einen Schritt nach vorne machte. An einer Seite der Plattform war das Panzerglas demontiert worden. Das Staatsorakel hatte den Untergang zweier Sonnen vorausgesagt. Es war wie im Traum, als gäbe man sich selbst die Hand.

30

Sunset and evening star and a clear call for me
Alfred Lord Tennyson

Der Straßenhändler wischte die Platte mit einem ölgetränkten Lappen ab, sortierte die Plastiktüten mit den rohen Spießen, ließ Christian auswählen und reihte sie schnell nebeneinander auf den Grill. An den Holzstäbchen war kaum etwas Essbares dran, Christian kaufte fünf, der Verkäufer machte das Handzeichen für drei Dollar, Christian fischte sich einen Spieß heraus und kaute auf dem Hühnchen herum, das man ihm als Tintenfisch verkauft hatte.

Er aß im Gehen. In diesem Teil der Stadt waren die Bürgersteige von absurder Höhe, Christian wich einem Pärchen aus – der Junge trug die Handtasche seiner Freundin, sie tippte auf ihrem Handy herum –, fast prallte er aus Höflichkeit gegen eine der Platanen, fiel stattdessen auf die Straße, als sein Fuß ins Leere trat. Ein lachender Radfahrer schüttelte den Kopf und klingelte. Christian hob die Hand zum Gruß. Die Stämme der Platanen waren getigert, die Blätter über seinem Kopf rauschten leise.

Überall blinkte und leuchtete es. Seitenstraßen voller Kabelgewirr, das in Kopfhöhe über dem Asphalt hing. Christian passierte mehrere Schuhläden, Imbissbuden, Stempelmacher und einen Zeitschriftenkiosk, der auf Wärmflaschen in Hasenform spezialisiert zu sein schien.

Christian bog in den nächstbesten Eingang ab, eine Bar mit roten Fischen, die im Eingangsbereich rechts und links in großen Aquarien meditierten. Keine Buddhas, dafür Eisenmöbel und amerikanisches Fernsehen, das dank VPN auf den Bildschirmen über der Bar flimmerte.

Christian Bang setzte sich in den kleinen, mit Kübelpalmen zugestellten Innenhof. Hinter der Bar mixten zwei Chinesinnen mit Undercut Margheritas, er bestellte den Drink des Hauses und massierte seinen Knöchel. Christian mochte den Salzrand und wie sich der Zucker, der Alkohol und die Limonensäure mit dem Salz beim Trinken im Mund vermischten. Über der Bar drehten sich Ventilatoren, sie sahen aus wie aus Brooklyn importiert, vielleicht waren sie auch von Hand gefertigt, Made in China.

Er bestellte ein zweites Glas und versuchte sich mit seiner Enttäuschung abzufinden, er hatte sich ausbooten lassen wie ein Anfänger. Mit unübertreffbarer Arroganz hatte man ihn an einem dieser lebensgefährlichen Bordsteine abgeladen und abgekanzelt wie einen Schuljungen. Jonathan hatte sich zum Komplizen dieses abgekarteten Spiels gemacht. Sie würden ihn filetieren. Sich nehmen, was sie brauchten. Ihn manipulieren, bis nichts mehr von ihm übrig war und niemand ihn auch nur noch mit einem Essstäbchen berühren würde. Niemals würde Jonathan einem mit allen Wassern buddhistischer Logik und chinesischer Kaderschmiede gewaschenen Demagogen wie Gyaltsen Norbu gewachsen sein.

Eine der Barkeeperinnen schob einen Käfig in den Innenhof und schaltete eine Wärmelampe ein, die an der

Oberseite befestigt war. Dann fütterte sie den Hasen mit zwei Salatblättern und zog die Nase kraus, um das Tier zu animieren, es ihr nachzutun. Zehn Selfies später, trippelte sie zurück hinter die Bar und schnitt konzentriert mit einem viel zu großen Messer ein paar Limonen in Scheiben. Ihre aufgeklebten Fingernägel waren ihr dabei im Weg.

Der Gedanke, dass das Treffen der beiden Panchen Lamas ohne ihn stattfand, war geradezu körperlich unerträglich. Die tropische Luft packte ihn wie in feuchte ammoniakgetränkte Watte, seine Gedanken waren schwerfällig, und er hoffte auf einen Anruf, obwohl er sich fast sicher war, am heutigen Tag nichts mehr von den Tibetern oder Chinesen zu hören.

Dennoch hielt er sein Mobiltelephon bereit, hatte es auf das Tischchen vor sich gelegt, neben das Margherita-Glas. Der Hase hockte unbeweglich in seinem Käfig, das weiße Fell schimmerte rötlich vom Licht der Wärmelampe. Christian lief beim Anblick des Tieres der Schweiß den Rücken hinunter. Konnten Hasen schwitzen? Vermutlich über die Zunge. Eine Gruppe junger Männer gesellte sich an den größten Tisch. Sie bestellten Bier und spuckten zwischen ihre Füße.

Christian stellte sich die Reaktion der exiltibetischen Regierung vor. Sie würden aus allen Wolken fallen. Sie hassten nichts mehr, als wenn die Dinge unübersichtlich wurden. In Wahrheit waren sie sehr bemüht, die Chinesen nicht zu verärgern; man war immer noch in dem Irrglauben gefangen, Demutsgesten würden positive Reaktionen in China auslösen, das Exil-Establishment schien Christian ein verknöchertes Gebilde zu sein, dass mehr und mehr nur noch um seiner selbst willen existierte und um sich selbst kreiste. Sie hatten verdient, dass man sie in jeder Hinsicht vor den Kopf schlug, möglicherweise würden sie dann noch einmal kurz die Augen öffnen.

Gegen 17.00 Uhr betrat Christian Bang, angetrunken und immer noch hungrig, eine Fähre von Wam Chai nach Hung Hom. Er wollte sich das Gelände des alten Kai-Tak-Flughafens ansehen. Der Kai-Tak-Flughafen war jahrzehntelang eine der größten fliegerischen Herausforderungen für Piloten gewesen, und Christian erinnerte sich an einen spektakulären Anflug in den neunziger Jahren, bei dem die meisten Passagiere um ihr Leben gefürchtet hatten. Von dem Vorfall inspiriert, hatte er eine Reportage über den Flughafen geschrieben. Die Anfluggrundlinie des Landekurssenders führte in Kai Tak nicht wie auf anderen Flughäfen üblich in einer geraden Linie auf die Mittelachse der Landebahn, sondern wies abweichend von der Landebahnausrichtung auf Checkerboard Hill, von wo aus es manuell eine scharfe Rechtskurve zu fliegen galt, um anschließend der regulären Anflugblitzbefeuerung zu folgen. Das machte die Sache so ungewöhnlich und gefährlich. Im Gegensatz zu Fluggeräten hatte sich Christian auf Booten immer wohlgefühlt.

Christian suchte sich einen Platz an der Reling. Eine automatische Frauenstimme vom Band schallte über das Deck und mahnte zur Vorsicht, es war dieselbe Frauenstimme, die jeden Menschen, der jemals eine Hongkonger Rolltreppe betrat, gebetsmühlenartig um Vorsicht bat: Please stand close and hold the handreal.

Erstaunlicherweise war die Fähre fast leer, nur eine Handvoll Menschen saßen auf den orangen Sitzen, die Kameras im Anschlag, Tüten mit stinkendem Tofu oder Reiscrêpes neben sich. Eine Frau mit Plastikblumen im Haar lächelte ihm spöttisch zu. Christian nickte und versuchte ein Lächeln. Meditationsmusik ersetzte die Sicherheitsansage, nur wenig leiser als zuvor. Fahrgäste fuhren ihre Selfiesticks aus.

Christian stand am Heck und schaute zurück Richtung Hongkong Central. Eine lange Reihe grauer Zähne, die Stadt endete nirgendwo und begann nirgendwo, vervielfältigt in Tausenden von Fensterscheiben, die sich selbst spiegelten, das Netz des Indra.

Das Boot nahm Fahrt auf. Er musste an das spektakuläre Puzzle oder Poster im Zimmer eines Cousins denken, auf dem Hongkong von einem riesigen, hundert Meter hohen Tsunami überrollt wurde und das ihn als Kind schwer beeindruckt hatte. Vielleicht hatte es sich dabei auch um Tokio gehandelt? Seine Erinnerung war nicht klar genug, um das zu entscheiden. Eine Familie stellte sich neben ihn an die Reling, die Frau trug ein Kleinkind auf einer Bauchtrage vor sich her, das Kind verzog das Gesicht im Fahrtwind. Als es zu schreien anfing, schickte der Vater Frau und Kind zurück auf ihre Plätze. Er trug einen Tai-Chi-Anzug aus chinesischer Seide, schwarze Drachen auf schwarzem Grund, die weiten Hosen flatterten.

Christian machte ein paar Schritte zur Seite und starrte ins Wasser, kurz wurde ihm schwindelig beim Anblick der Heckwellen. Der Chinese streckte die Hand aus. Es schien, als wollte der Mann ihn festhalten, aber dann stieß er sich aus irgendeinem Grund von ihm ab, und davon geriet Christian aus dem Gleichgewicht. Dort, wo Christian stand, befand sich keine Absperrung, sondern nur eine in Höhe der Knie hängende dünne Gliederkette aus Stahl, über die er wie eine Schaufensterpuppe mit dem Rumpf voran Richtung Erdmittelpunkt fiel.

Mit dem Kopf durchstieß er die Wasseroberfläche. Dabei schloss er automatisch die Augen, alles war schwarz, gleichzeitig dachte er: Das passiert jetzt doch nicht wirklich. Er dachte, ich kann schwimmen, es ist nicht so schlimm, das Wasser ist erstaunlich warm.

Die vollgesogene Kleidung wurde schwer, zog an ihm. Er dachte, in kaltem Wasser soll man sich bei einem Unfall auf keinen Fall entkleiden, ich habe kein Wasser geschluckt, das ist gut, ich kann schwimmen, jetzt muss ich mich bemerkbar machen. Eine Sekunde lang musste er sich orientieren, wo das Land war und auf welcher Seite das Boot. Die Silhouette der Stadt, ein silbernes Funkeln.

Dann sah er alles wie in Nebel getaucht, eine Trübung des Blickes, vielleicht Schmutz im Wasser. Er spürte nun auch ein kleines punktuelles Brennen am Oberschenkel, vielleicht hatte er sich bei dem Sturz irgendwo am Boot verletzt.

Christian wusste, dass er nun einen oder besser beide Arme über die Wasseroberfläche heben musste. Und schreien, er musste auf jeden Fall schreien, um auf sich aufmerksam zu machen. In New York war er mit einer Fähre gefahren, auf der man sich Filme über eine Welt ohne Menschen anschauen konnte, die Welt, nachdem alle Menschen gestorben waren. Bei einem Urlaub in Wisconsin war er aus Versehen unter ein Schlauchboot geraten und hatte panische Angst gehabt zu ersticken. Das Boot der Star-Ferry-Company hatte sich schon weit entfernt. Die bunte Lackierung des alten Kahns leuchtete.

Der Mann, der sich an ihm festgehalten oder der ihn gestoßen hatte, stand ruhig da und schlug anscheinend keinen Alarm, oder hatte er das schon getan? Christian rief um Hilfe und ruderte mit den Armen.

Jetzt reagierte der Mann, hob langsam die Hand wie zum Gruß. Vielleicht hatte Christian sich den Kopf an der Bordwand gestoßen, manchmal bekam man nicht mit, wie man sich verletzte, weil das Adrenalin das verhinderte. Als Kind hatte er sich beim Schlittenfahren die Hand durch den Handschuh an einem messerscharfen Stein aufgeschlitzt, plötzlich war alles voll Blut gewesen. Er wusste, dass es in allen Weltmeeren Haie gab, vielleicht gab es hier sogar Salzwasserkrokodile, die waren tausendmal gefährlicher als Haie. Er tastete seinen Kopf ab, fand aber keine Wunde. Vor Jahren war er vor einem Strand in Florida in Panik geraten, als er eine Flosse vor sich auftauchen sah. Im selben Moment verschwand die Flosse hinter der Dünung, und es dauerte zwei, drei endlose Sekunden, bis der nächste Wellenhügel ihn wieder einen Blick werfen ließ auf einen weißen Plastikkanister, der, vermutlich mit Flüssigkeit gefüllt, nur mit einem kleinen Teil über die Wasseroberfläche ragte; es war noch immer alles gutgegangen.

Die Fähre entfernte sich weiter, niemand hatte die Motoren gestoppt. In so vergleichsweise warmem Wasser konnte man durchaus einige Stunden überleben, aber nicht, wenn man ohnmächtig wurde. Vielleicht war es doch richtig, Schuhe und Hose auszuziehen, er musste versuchen, das Ufer zu erreichen.

Christian legte sich auf den Rücken, um möglichst wenig Kraft zu verbrauchen. Er dachte an Jonathan und Gyaltsen, wie sie gemeinsam in einem Kloster eine Zeremonie abhielten, zwei ungleiche Brüder. Es war eine Schande, ein unglaublicher Affront des Schicksals oder der chinesischen Strippenzieher, dass er nicht bei dem Treffen dabei sein durfte.

Christian, die Ohren unter Wasser, hörte plötzlich ein hohes Sirren, einen Motor, einen schnelldrehenden Bootsmotor, es war nicht der Motor der Fähre. Er hob den Kopf, drehte sich um und sah ein Stahlboot mit einem kastenförmigen breiten Bug. Das Boot näherte sich mit großer Geschwindigkeit. Es hatte einen kleinen aus Metallrohren geschweißten Aufbau, an dem weiße Wimpel flatterten. Er war gerettet. Er würde gerettet werden.

Die Verantwortlichen auf der Fähre hatten ein Rettungsboot geschickt, weil die Fähre selbst viel zu schwerfällig zu navigieren war, um einen im Wasser treibenden Mann wieder aufzunehmen. Das ergab Sinn. Es kam bestimmt häufiger vor, dass jemand im Wasser landete, man hatte bestimmt Vorkehrungen getroffen, China war erfreulich effizient organisiert, wenn es um Sicherheitsfragen ging. Der

Nebel vor seinen Augen lichtete sich, er konnte sich mühelos über Wasser halten, es schien, als sei er leichter geworden. Christian lächelte und gab einem Harndrang nach. Vielleicht würden sie es noch einmal auf die Titelseiten schaffen, so wie sich die Dinge jetzt entwickelten. Und das war das Wichtigste. Dass wieder Bewegung in die Sache kam, auch wenn es heute nicht so ideal gelaufen war.

31

Kurz nachdem der Stahlrumpf seinen Schädel gerammt hatte, konnte Christian Bang plötzlich unter Wasser atmen; durch die brahmanische Öffnung, die sich oben auf seinem Schädel, an der Naht befand, ein kleines Loch in der Decke, nahe der Fontanelle. Er sah eine Nixe auf sich zuschwimmen. Sie trug die Züge von Odile Maas, sie lächelte verführerisch, voll von geheimem Wissen und schadenfroh. Sie zeigte ihm einen Totenschädel, der, wie er sofort wusste, sein eigener war. Er sah hübsch aus, ganz glatt und elfenbeinfarben und glänzend. Ein kleiner Korallenfisch schwamm durch eine Augenhöhle hinaus und in die andere wieder hinein. Er spürte die Bewegung des Fisches, wie er sich sanft und feinstofflich durch seine Augäpfel bewegte. Ganz sicher gab es schlimmere Dinge als den Tod. Man brauchte keinen Körper, das war hiermit bewiesen, er würde noch weiter denken können, auch wenn sein Fleisch schon von den Tieren gefressen wurde. Der Tod, das Zerbrechen einer leeren Vase am Meeresgrund.

32

*Ich habe das Gefühl, dass die Teufel in uns buchstäblich
durch seine Heiligkeit zurückgehalten werden.
Viele denken, wenn wir ihn verlieren, endet auch der
Freiheitskampf. Aber ich glaube, das Gegenteil ist der Fall.*
Tibeterin, anonym

Der Dalai Lama liegt auf dem Rücken und hat die Augen geschlossen. Überall in den Körpern der Vorfahren hat man Speerspitzen gefunden; Knochen sind auseinandergehackt worden, alles kommt zum Vorschein, erzählt Geschichten, Gräber sind verräterisch, selbst Wahnsinn kann anhand der Grabbeigaben posthum diagnostiziert werden. Von einer traditionellen tibetischen Bestattung mit Hilfe der Geier und Krähen bleibt nichts. Und Mitleid, Güte und Achtsamkeit hinterlassen keine Spuren am Skelett. Die Lehre muss immer wieder neu aufgerichtet werden. Ein Irrer zerschlägt in drei Tagen das Geschirr von Jahrtausenden.

Es gibt keine Bilder, es gibt nur Nachbilder, die einzige Realität erfahren wir im Tod, alles, was es gibt, sehen wir im Verlöschen. Eben noch ist der Dalai Lama barfuß in seinem Garten durch den Schnee gegangen, unter seinen Sohlen das aufwendig in der Atmosphäre gefrorene Wasser, dessen zauberhafte Kristallstruktur zu klein ist, um vom menschlichen Auge wirklich gewürdigt zu werden. Der Schnee hüllt Dharamsala ein und dämpft die allgegenwärtige Geschäftigkeit. Wie ein dicker Firnis, der den Gesamteindruck eines

Gemäldes vereinheitlicht, hat er sich auf die Landschaft gelegt. Auch Gebäude, Menschen und Tiere, alle optischen und akustischen und vielleicht auch spirituellen und geistigen Phänomene erfahren eine Art Weichzeichnung.

Der Dalai Lama konzentriert sich ganz auf die Geräusche, das Pochen des Blutes im Ohr, seinen Herzschlag, der diesen Puls erzeugt; der Singsang der Mönche, aus der Stille geboren. Der Raum – auch der imaginäre – erträgt keine Stille (weil es ein Medium gibt, das bewegt werden will). Ziel der Übung ist es, wach in den Traum zu gleiten. Aber erst muss der Monolog des Ichs auf Eis gelegt und der Fluss, die Stimme der Gedanken, zum Verstummen und Versiegen gebracht werden, und das will dem Dalai Lama nicht gelingen. Die Gedanken und Sätze kommen nicht zum Stillstand. Der Dalai Lama hat keine Schuhe. Der Kaiser hat keine Kleider, und Mao hat keine Lampe, sitzt in der dunklen Kammer seiner Verbrechen. Die Gebetsmühlen drehen sich und versetzen die Menschen in Bewegung. Die Lage in Tibet ist unübersichtlich. Das Orakel, Thubten Ngödrup, hat von der Notwendigkeit eines Krieges gesprochen, ihn regelrecht bei ihm, dem Friedensnobelpreisträger, eingefordert. Mit tantrischen Bomben sollen die maßgeblichen Börsen in Tokio, Peking, Singapur, London, Frankfurt und New York attackiert werden. Die einzige Möglichkeit, diese kapitalistische gleichgültige Welt aus ihren mit menschlichem Fett geschmierten Angeln zu heben, ist die Zerstörung der Märkte. Manche Ökonomen sprechen von einem bevorstehenden Kollaps der Volksrepublik. Die uneinbringlichen Außenstände der Banken im Westen betragen drei Porzent, in China sind es angeblich zwanzig bis vierzig Prozent. Die Kredite werden nicht bedient, das Geld nicht zurückgezahlt, es ist an Staatsfirmen in den Händen der Nomenklatura verliehen. Auf die Dauer muss das nach allen Regeln der Finanzarithmetik auf einen Crash hinauslaufen.

Vielleicht wird sich mit dieser Krise ein Zeitfenster öffnen, innerhalb dessen sich Tibet aus der somnambulen Umklammerung lösen kann. Wie 1913, als China im Bürgerkrieg versank und die Tibeter ihre Unabhängigkeit zurückgewannen. Aber selbst wenn es zu einer Krise in China kommt, muss man auf jeden Fall bereit sein, den Preis für die Besatzung in die Höhe zu treiben, man muss ein paar Knoten in die Arme des Kraken zaubern, damit er gezwungen ist, sich mit sich selbst zu beschäftigen.

Asche löst sich vom Räucherstäbchen und fällt mit donnerndem Geräusch auf den Nachttisch, eine akustische Halluzination, die Tenzin Gyatso aus seinen Gedanken reißt. Er richtet sich auf, greift nach dem Glas Wasser, trinkt erschöpft einen Schluck; die Pestilenz der schlechten Gedanken, die China ihm aufzwingt. Der Koloss steht nicht auf tönernen Füßen. China ist ein Tausendfüßler, robust, nicht kleinzukriegen, die meisten Arten benötigen weder Lebendfutter noch spezielle Beleuchtung, auch keine Heizung, als Nahrung reicht ihnen das Bodensubstrat mit halbverrottetem Laub, weißfaulem Holz und gelegentlichen Früchtegaben. Der Weg des gewaltsamen Widerstandes, Bilder von Aufstand, Kampf und Sieg, die Träume übermütiger Kinder, die glauben, mit Zinnsoldaten – am heimischen mit Yakdung betriebenen Ofen gegossen – ein Weltreich besiegen zu können, ein Volk von mehr als einer Milliarde Menschen aus Fleisch und Blut, eine Armee mit über zwei Millionen Soldaten, darunter auch dreitausend Tibeter. Jonathan Chökyi Nyima hat ihm einen Brief geschrieben, in dem er seinen Besuch in Indien ankündigt. Er fordert Antworten von ihm. Ein ärgerliches Dokument des Hochmuts und der Selbstüberschätzung. Danach ist er verschwunden, angeblich nach Hongkong gereist. Nach anderen Quellen hat er zuletzt die Grenze von Thailand nach Birma überquert, wo sich seine Spur verliert. Das Unrecht, das Jonathan geschehen ist, wird er nicht aufklären können.

Die wahren Vorgänge von 1995 kennt nur er, Tenzin Gyatso, der 14. Dalai Lama: Als man ihm die heimlich aus Tibet herausgeschmuggelten Photos und Dossiers zu den möglichen und wahrscheinlichen Reinkarnationen des Panchen Lama geschickt hat, sieht er sich einer der wichtigsten Aufgaben eines Dalai Lama gegenüber. Mit heiligem Ernst und offenem Geist beugt er sich über die Photos – und sieht nichts, horcht in sich hinein und hört nichts. Das ist vielleicht nichts Ungewöhnliches. Es gibt keine Regeln, es gibt für ihn keinen Präzedenzfall, alles hat Ursachen, alles ist einzigartig. Alles passiert zum ersten Mal. Vielleicht ist in so einem Fall Geduld gefragt. Mantra, Gebete, Meditationen, Beratungen, aber er findet keine Verbindung. Er hat keine Intuition, keine Eingebung, nicht mal einen Verdacht, die Bilder lösen nichts in ihm aus, am Himmel keine Wolken, keine Zeichen. Die Aufgabe wird nicht einfacher, nachdem auch eine Befragung des Staatsorakels anders als erwartet verläuft. Thubten Ngödrup windet sich, taumelt, man vermag ihn nicht auf den Beinen zu halten, er fällt und spuckt, ist nicht zu verstehen: »Nimm einen Knaben, einer ist so gut wie der andere.« Das ist es, was der Dalai Lama zu verstehen glaubt. Aber er traut seinen Ohren nicht. Vielleicht war es immer so, der vorgegebene Weg wird gegangen werden, egal von wem. Der Weg ist wichtig, nicht der, der ihn geht. Dennoch, der Dalai Lama kann es nicht glauben, er zögert weiter, findet keinen Hinweis, weiß sich keinen Rat, möchte erneut das Orakel befragen. Thubten Ngödrup muss sich erholen, bevor er erneut die Trance aushalten, bevor die Schutzgottheit wieder von ihm Besitz ergreifen kann. Die Lage wird langsam ausweglos, jeden Moment können die Chinesen ohne Einwilligung losschlagen und die Kandidatenkür zu einem Ende bringen. Schließlich die zweite Befragung des Orakels. Diesmal taumelt Thubten Ngödrub auf den Dalai Lama zu, umarmt ihn und zischt ihm ins Ohr: »Täusche die Chinesen! Nimm den Falschen!«

Wie soll er den Falschen nehmen, wenn er nicht weiß, wer der Richtige ist? Das Orakel liest seine Gedanken und spricht: »Nimm einen Jungen, von dem du weißt, er ist es nicht, wenn du nicht weiterweißt, wähle den mit dem schönsten Antlitz.« Der Schnapsatem des Orakels schlägt seiner Heiligkeit entgegen. »Begrabe das Geheimnis für immer tief in deinem Herzen!« Die Bestürzung und Verwirrung in ihm ist groß, die Zeit drängt, in Tibet wartet man weiterhin auf Antwort, die Chinesen wollen eine Entscheidung herbeiführen. So erwählt der Dalai Lama Chökyi Nyima, den Jungen mit dem ebenmäßigen, schönen Gesicht, zum 11. Panchen Lama, stürzt ihn ins Unglück und begräbt das Geheimnis tief in seinem Herzen. Die Chinesen schäumen vor Wut und erkennen die Wahl nicht an, stattdessen lancieren sie Gyaltsen Norbu, das Kind regimetreuer Kader nach einer Wahl mit der goldenen Urne zum 11. Panchen Lama. Chökyi Nyima verschwindet mit seinen Eltern.

Und nun ist auch Gyaltsen Norbu verschwunden: Die Politischen Gefangenen sind aus den Gefängnissen und Konzentrationslagern entlassen. Gyaltsen Norbu hat eine Erklärung veröffentlicht: »Padmasambhava wurde der eigentliche Missionar Tibets, denn er verstand es, die Geisterwelt der Bön-Religion mit ihren Schamanen und Zauberern in den neuentstehenden lamaistischen Buddhismus zu integrieren. Genauso halte ich es für meine Aufgabe, die hemmungslose Geschäftswelt und das Erwerbsstreben des chinesischen Volkes in unsere tibetische Kultur zu integrieren.«

Er sei angetreten, um die Tibetfrage ein für alle Mal zu lösen. Sollte die KP-Führung in Peking sich der notwendigen Erneuerung und Kulturrevolution widersetzen, so sei eine zeitweise Regierung Chinas von Lhasa aus vorstellbar, um das im Kapitalismus und in Paranoia versinkende Land zu retten. Als Alternative dazu werde er mit den Nachbarprovinzen Verhandlungen über die Wiederherstellung der territorialen Integrität Tibets aufnehmen, an dessen Ende die Wiederinkraftsetzung des Friedensvertrages von 821 zwischen Tibet und China stehen könnte.

Der Text der Erklärung ist im Netz aufgetaucht, halten konnte er diese Rede nicht.

Der Dalai Lama hat keine Schuhe an, der Kaiser keine Kleider, Mao leuchtet keine Lampe, und Gyaltsen Norbu hat anscheinend den Verstand verloren. Natürlich hat man ihn aus dem Verkehr gezogen. Die entlassenen Gefangenen wurden unter Hausarrest gestellt und demütigenderweise mit neuartigen elektronischen Fußfesseln ausgerüstet. Einige wurden nur Tage später erneut verhaftet. Gleichzeitig hat man alle Maßnahmen Gyaltsens zur Verbesserung der Situation der Tibeter ausgebremst, die Reform der Verwaltung auf Eis gelegt. Nun liegt wieder Gewalt in der Luft. Das Polizei- und Armeeaufgebot in den Städten der Provinz und auch in den Städten der Nachbarprovinzen mit tibetischer Bevölkerung, in Amdo, Kham, ist so groß wie nie zuvor.

Erst heißt es, Gyaltsen Norbu habe sich in ein Kloster zurückgezogen, um sich seiner spirituellen Ausbildung zu widmen, die er durch sein politisches Wirken zu lange vernachlässigt hat. Dann sickert durch, dass er verhaftet worden ist, auch seine Entourage hat man festgesetzt. Dabei soll es zu Widerstand gekommen sein und Tote gegeben haben. Angeblich hat Gyaltsen Norbu die Plünderung des ersten Kaisergrabes befohlen, mit der Anweisung, die Knochen von Qin Shinhuangdi nach Tibet zu bringen.

Der Dalai Lama ist bestürzt, ratlos, die Exilregierung ist wie paralysiert, zwei Wochen lang kommt keine Stellungnahme zustande. Es gibt Demonstrationen in Shiagase und Lhasa, die chinesische Polizei macht ohne Vorwarnung von der Schusswaffe Gebrauch, es wird eine Ausgangssperre verhängt, die Klöster werden abgeriegelt. Den Dalai Lama erreichen Petitionen, die ihn zur Anerkennung von Gyaltsen Norbu auffordern. Es wird behauptet, auch Chökyi Nyima habe Gyaltsen Norbu als Panchen Lama anerkannt. Das lässt sich nicht verifizieren, da Jonathan Chökyi Nyima weiter unauffindbar bleibt.

Der Dalai Lama zögert, ruft, wie so oft, zu Gewaltlosigkeit auf, die Chinesen bezichtigen ihn, wie so oft, für die Unruhe, Irritation und abspalterische Bestrebungen verantwortlich zu sein. Welchen Handlungsspielraum hat er noch? Was kann er in dieser ausweglosen Situation tun? Wenn die Barbaren ins Land eingefallen sind, wenn sie gesiedelt haben, Häuser gebaut, Geschäfte eröffnet, ihre Armee stationiert haben, die Erde aufgewühlt, die Flüsse leergefischt und vergiftet, dann ist es zu spät, sie zu bekämpfen, dann muss man sie bekehren, ihnen den Weg zeigen aus sich selbst hinaus, vielleicht ist es das, was Gyaltsen Norbu versucht hat.

Der Dalai Lama sieht Gyaltsen Norbu, wie er in einem Trainingsanzug der chinesischen Armee, die Füße in Filzlappen gewickelt, an einem gusseisernen Ofen sitzt.

Gyaltsen blickt durch ein kleines, mit rohem Holz gerahmtes Fenster über die kahle, schneebepuderte Ebene zu den fernen Bergen. Gyaltsen hat das deutliche Gefühl, dass sein Blick dort, an den Felswänden und Schneehängen, endet. Sein Diener Tengshe wurde vor Tagen hinausgerufen, um die Dämonenfallen vor dem Lager zu inspizieren, und ist nicht mehr zurückgekehrt. Blut läuft ihm in die Augen, er hat sich die Schädeldecke aufgekratzt. Er schreibt: »Ich habe die Parteilinie nicht genügend studiert. Das Niveau und die Qualität meines theoretischen Wissens erfüllen nicht die Erfordernisse der neuen Entwicklung des Landes. Wie ein Salamander werde ich ein Gewand aus Feuer anlegen. Der Salamander hat mehr mit dem Schlaf und dem Feuer zu tun als der Mensch, er steht tiefer, aber er ist reiner.« Dann beginnt er wieder von vorn.

Der Dalai Lama ist barfuß durch den Schnee gegangen, Dunkelheit, Neumond. Er hat geglaubt, 105 Jahre alt zu werden, wie es ihm prophezeit wurde. Jetzt liegt er auf dem Rücken und fliegt auf einem steinernen Thron über die Berge Tibets. Er weiß, dass er träumt. Er will aufwachen, aber er wacht nicht auf.

Er hat die vage Vorstellung, dass er einen Ersatzmann stellen muss, der für ihn weiterschläft. War das nicht immer erforderlich, um aufzuwachen?

Er trifft zwei Entscheidungen. Erstens: Er wird nicht wiedergeboren; es wird keinen 15. Dalai Lama geben. Und zweitens: Er wird Gyaltsen Norbu als Panchen Lama anerkennen. Unsere Dämonen beten zu uns, und wir erhören sie. Wir sind gnädige schreckliche Götter. Der Dalai Lama fliegt, auf seinem steinernen Thron sitzend, zum Lhamo Latso, dem heiligen See. Am Ufer sind Zelte errichtet. Geländegängige Limousinen und zwei Armeetransporter, eine Versorgungseinheit mit Generator. Der Dalai Lama versteht sofort, was er sieht: Es handelt sich um die Findungskommission, die auf der Suche nach seinem Nachfolger ist. Folgerichtig ist er gestorben, folgerichtig muss er tot sein. Das halbe Institut der Jadeperlen hat sein Lager dort unten aufgeschlagen. Sie lauschen den noch nicht erwachten Absichten des Kosmos nach. Jahrelang haben sie sich auf diese Aufgabe vorbereitet. Sie suchen nach Zeichen seiner Wiedergeburt. Sie spielen Theater. Sie werden sie finden. Alles ist gut vorbereitet. Die Entscheidungen sind bereits gefallen.

In der Ebene gibt es große Geisterherden von wilden Yaks, sie sind unsichtbar, aber sie wirbeln Staub auf. An den Hängen tibetische Wildesel, Nawa, Antilopen, leicht, schnell und flink, Geister auch sie, von keinem Auge erblickt. Der Grund des Sees gerät in Bewegung, Mönche, Sicherheitsbeamte, Tibeter und Chinesen heben die Blicke, Scharen von schnatternden Gänsen fliegen auf, am Himmel der Dalai Lama auf seinem steinernen Thron, und aus der Tiefe des Sees steigt wie in Zeitlupe eine riesige Stickstoffblase auf, die alles, was atmen muss, vernichten wird.